De bestemming

Van dezelfde auteur

All-inclusive
De vlucht
Zomertijd
Cruise
Après-ski
De suite
Zwarte piste
Bella Italia
Noorderlicht
Bon Bini Beach
Het chalet
Route du soleil
Winterberg
Goudkust
Mont Blanc
Costa del Sol
Sneeuwengelen
Hittegolf
Lawinegevaar
Het paradijs
Winternacht

Volg Suzanne Vermeer op:
Facebook.com/SuzanneVermeerFanpage
www.suzannevermeer.nl
www.awbruna.nl

Suzanne Vermeer

De bestemming

A.W. Bruna Fictie

Omslagbeeld
© Nikola Miljkovic / iStockphoto
Omslagontwerp
Wil Immink Design

ISBN 978 94 005 0435 6
NUR 332

Derde druk, november 2017

Inhoud

Vakantiegeld

1

'Buenos dias... Deutsch, English?'

Het oudere echtpaar keek de vriendelijk glimlachende jongeman aan die de vraag had gesteld. Ze probeerden in te schatten of ze hem konden vertrouwen. Blijkbaar doorstond hij de test. De oudere man antwoordde na een lichte aarzeling: 'Wij zijn Nederlanders.'

De jongeman leek zijn glimlach op zijn gezicht geplakt te hebben. Met zijn wijsvinger tikte hij tegen het witte naamplaatje waarop DANNY OUDEKERK stond. Hij had een donkerblauw T-shirt aan met een sierlijke gouden opdruk: Golden Oasis. Daaronder droeg hij een smetteloze, witte korte broek en witte sokken in witte gympen.

'Altijd leuk om landgenoten te ontmoeten,' ging Danny vrolijk verder. 'In dit gedeelte van Mallorca kom je hoofdzakelijk Duitsers en Engelsen tegen.' Hij knikte samenzweerderig met zijn hoofd naar de jachten die op loopafstand in de haven van de hoofdstad Palma de Mallorca lagen. Het waren enorme boten, tot wel zestig meter lang.

'Je kunt wel zien wie het grote geld verdienen,' zei Danny. 'Duitsers, Engelsen, Spanjaarden en Arabieren. Ik heb de afgelopen week in de haven nog niemand een woord Nederlands horen spreken.'

Hij haalde zijn schouders op. De jongensachtige grijns op zijn gezicht was weer terug. 'Ach, wat maakt het ook uit. Het weer is hier geweldig en het leven relaxed.'

Voordat het echtpaar de kans kreeg zijn monoloog te doorbreken, trok Danny met een nonchalant gebaar een kaartje uit het stapeltje. Hij gaf het aan de man.

'Mag ik vragen hoe u heet, meneer?' vroeg hij beleefd.

De man glimlachte Danny toe. 'Dat mag je en ik zal er ook antwoord op geven. Ik ben Robert van Loon, en dit is mijn vrouw Karin.'

Danny knikte. 'Ik werk voor Golden Oasis, meneer Van Loon. Het bedrijf bestaat deze week vijf jaar, vandaar deze actie.' Hij wees op het kaartje. 'Hebt u toevallig een muntstukje op zak?'

Robert van Loon haalde een euro uit zijn zak en keek de jongeman vragend aan.

'Vanwege het lustrum heeft Golden Oasis krasloten uitgegeven,' zei Danny. 'Als u drie dezelfde symbolen krast, wint u een prijs.'

Terwijl Van Loon driftig kraste, ging Danny verder. 'Het is een eenmalige actie waaraan ik graag wilde meewerken. Tenslotte is er niets zo leuk als mensen blij maken. Het lijkt mij fantastisch om het blije gezicht te zien van iemand die een grote prijs wint.' Hij liet een korte stilte vallen. 'Helaas moet ik de eerste prijswinnaar nog tegenkomen... Misschien bent u het wel!'

Robert van Loon liet hem het kaartje zien met de vakjes die hij had weggekrast. 'Een strandbal en twee boten, is dat wat?'

Danny zuchtte. 'Sorry, meneer. U moet drie dezelfde symbolen hebben. Bijvoorbeeld drie vliegtuigen, dan win je een reis naar Florida. Of drie auto's, die staan gelijk aan een gratis huurauto voor een week. De grote hoofdprijs is echter drie palmen... Bij drie palmen ontvang je 5.000 euro cash.'

Hij keek nogmaals naar het kraslot van Robert van Loon en glimlachte verontschuldigend.

Toen sloeg hij zijn hand tegen zijn voorhoofd. 'Ach, stom. Dat was ik vergeten.' Meteen overhandigde hij Karin van Loon een kraslot. Dit kaartje kwam niet van de bovenkant van de stapel, maar van de onderkant. Hij had de beweging zo snel gemaakt, dat het niemand opviel.

'Excuses, mevrouw Van Loon. Dat was bijzonder onattent van mij. Natuurlijk mag u het ook proberen.'

Karin begon meteen te krassen.

Danny zwaaide even naar een vrouwelijke collega die zijn kant op liep. Ook zij droeg een korte witte broek en een donkerblauw T-shirt. Hij draaide zich weg van het Nederlandse echtpaar om een nog betere blik op de knappe jonge vrouw te kunnen werpen. Robert van Loon glimlachte op een vaderlijke manier. Ooit was hij net zo oud geweest als Danny nu was. In die tijd had hij ook graag naar mooie meiden gekeken.

'Wat... eh... wat zei je daarnet over die hoofdprijs?' vroeg Karin van Loon opgewonden.

'Er zijn meerdere prijzen,' antwoordde Danny afwezig. Zijn blik was zogenaamd gericht op een paar prachtige vrouwenbenen die zijn kant op kwamen. 'De jackpot is drie palmen, mevrouw. Oftewel 5.000 euro cash in de hand.'

Karin strekte haar hand en liet hem haar kraslot zien. Ze kneep met haar andere hand in de arm van haar man. Danny deed net alsof hij zeer verbaasd was.

'Maar...' stamelde hij.

'Drie palmen,' zei Karin met een brede glimlach. Haar man omhelsde haar. 'Da's nou typisch mijn meisje,' grijnsde hij. 'Sterk uit de hoek komen als niemand het verwacht.'

Danny zwaaide opgewonden met beide handen naar zijn collega. De knappe jonge vrouw met de lange benen versnelde haar pas.

'Sanne, kom snel hierheen. Dit geloof je niet!'

Tien snelle stappen later stond ze naast hem.

'We hebben een winnaar,' juichte Danny. Hij stak zijn armen triomfantelijk in de lucht. Hij omhelsde spontaan de familie Van Loon.

Sanne bekeek het kraslot. 'Ongelofelijk. Gefeliciteerd!' Ze straalde net zoals Karin. 'Oké,' zei ze opeens zakelijk. 'Nu moeten ze hun prijs ophalen.'

Danny knikte.

Sanne liep naar de rand van de boulevard en stak haar hand op. Even later stopte er een taxi.

'Kom,' zei Danny tegen het echtpaar Van Loon. Op een drafje liepen ze naar de taxi.

'De chauffeur weet de weg,' zei Sanne. Ze had de chauffeur al duidelijk gemaakt dat deze rit op rekening kwam van Golden Oasis. De familie Van Loon stapte in.

Sanne en Danny zwaaiden spontaan naar hun landgenoten terwijl de taxi wegreed. Toen de taxi door het verkeer was opgeslokt, verdween de glimlach van hun gezicht.

'Wat denk jij?' vroeg Sanne nu serieus.

'Het leken me mensen met geld,' antwoordde Danny. 'Hij droeg een nieuw shirt van Lacoste en ook schoenen van dat merk. Dat polshorloge was volgens mij van goud. En ik weet bijna zeker dat de robijnen in haar ring echt waren. Dat zie je aan de schittering van de stenen.' Daarna haalde hij zijn schouders op. 'We zien het wel op ons loonstrookje. Als er een flinke commissie is bijgeschreven hebben we goed gegokt.'

In zijn rechterooghoek zag hij een echtpaar over de boulevard slenteren. Meteen toverde hij de jongensachtige glimlach weer op zijn gezicht.

'Potentiële klanten,' zei hij tussen zijn tanden door. 'Ik zie je zo.'

Sanne knikte kort en liep de andere kant op. Met een beetje geluk konden ze straks weer hun toneelstukje opvoeren.

2

De familie Van Loon werd stijlvol ontvangen. Hun gastheer stond hen bij de ingang van het Golden Oasis resort op te wachten. Nadat hij zich als Ibrahim Bousaba had voorgesteld, gingen ze op een terras met zeezicht zitten. Daar schonken de vriendelijk knikkende obers rijkelijk champagne voor hen in. Ibrahim gebruikte al zijn charme om de sfeer zo aangenaam en ontspannen mogelijk te maken. Het kennismakingsgesprek verliep daardoor vlot.

Hij vertelde dat ze eerst een rondleiding door het complex zouden krijgen. Ze zouden het geweldig vinden, verzekerde hij Robert en Karin met zijn hand op zijn hart. Daarna zei hij snel tussen neus en lippen door dat ze later op de dag de gewonnen prijs zouden ontvangen. Hiermee wilde hij laten zien dat de rondleiding veel belangrijker was dan het geldbedrag.

In anderhalf uur wandelden ze langs de tennisbanen, het fitnesscentrum, het zwembad, de inpandige boetieks en de enorme tropische tuin. Ter afsluiting liet Ibrahim de luxeappartementen zien. Daarna dronken ze koffie op een van de balkons. Ze hadden allemaal uitzicht op zee.

'Wat een prachtig resort,' zuchtte Karin toen ze weer terug op het centraal gelegen terras waren. 'Wij hebben al veel van de wereld gezien, maar een resort zoals dit... Alles is even luxe, het lijkt wel een sprookje.'

Ibrahim knikte. 'Zonder te overdrijven durf ik te stellen dat Golden Oasis tot de wereldtop behoort. De grote luxe en de adembenemende locatie maken elke vakantie hier tot een weldaad. Het geeft je het idee een tweede huis te hebben, maar je hebt niet de problemen en verantwoordelijkheden die met een echt tweede huis komen.' Hij maakte een weids gebaar met zijn handen. 'Maar het is natuurlijk niet voor elke portemonnee bereikbaar. Daar moet ik gewoon heel eerlijk in zijn.'

'Het is zeker een indrukwekkend complex,' zei Robert van Loon. 'Ik probeer me voor te stellen hoe het is om hier te wonen.'

Ibrahim glimlachte innemend. 'Daarover kan ik u helaas niet uit eigen ervaring vertellen. Ik woon in een appartementje in de stad. Maar ik kan u wel vertellen hoe het is om in dit prachtige resort te werken en wat de reacties van andere klanten zijn.'

'Dus jij hebt een kantoorbaan in de buitenlucht,' grapte Karin.

'In zekere zin wel. Alleen hebben we variabele werktijden. Het komt ook regelmatig voor dat we in de weekenden moeten werken.'

'Lijkt me geen straf,' bromde Robert.

'Hoe ben jij hier eigenlijk terechtgekomen?' wilde Karin weten.

'Voor mijn studie was het verplicht om een halfjaar stage te lopen. Ik koos voor Mallorca. Het klikte niet met het management van het hotel waar ik werd geplaatst. Omdat ik niet meteen terug naar Nederland wilde, besloot ik wat rond te kijken in de omgeving. Uiteindelijk belandde ik hier. Ik kreeg toestemming van de school om mijn stageperiode hier te doorlopen.'

'Wat leuk,' reageerde Karin spontaan.

'Dat was het zeker. Maar na dat halfjaar moest ik wel terug naar Nederland. Nadat ik mijn opleiding had voltooid, begon het te kriebelen en besloot ik weer naar Mallorca te gaan.'

Robert van Loon keek hem indringend aan. 'Wat mij zo opviel, en ik hoop dat je dit niet verkeerd opvat, is dat jij zo accentloos Nederlands spreekt. Je hebt een Marokkaanse achtergrond, maar als ik mijn ogen sluit is het bij wijze van spreken of ik mijn buurjongen hoor.'

Ibrahim lachte hardop. 'Mijn ouders zijn inderdaad Marokkaans, maar ik ben in Nederland geboren en getogen.' Hij gaf Robert een dikke knipoog. 'Misschien ben ik wel het levende bewijs dat integratie werkt. Ik heb mijn school en daaropvolgende studie afgemaakt. Niet iedere Marokkaan is een relschopper.'

Karin keek verschrikt op. 'Maar zo bedoelde Robert het...'

Ibrahim maakte een sussend gebaar. 'Dat weet ik toch. Mensen zijn zo politiek correct tegenwoordig. Ik kan het dan niet laten daar een grapje over te maken.'

Robert en Karin lachten een beetje onwennig.

Terwijl hij vertelde over zijn dagelijkse leven naast zijn werk, opende Ibrahim de aktetas die hij op de terugweg naar het terras op zijn kantoor had opgepikt. Naast de chique brochure legde hij een lijst neer. Hierop stonden in totaal 52 hokjes met drie verschillende kleuren.

'De weken waarover je hebt gesproken,' reageerde Karin meteen. Enthousiast porde ze met haar elleboog tegen de arm van haar man. Robert van Loon knikte een beetje afwezig. Het was niet duidelijk of hij zich verveelde of onder de indruk was van het adembenemende uitzicht op zee.

Ibrahim knikte. 'Wij werken met drie seizoenen. Blauw staat voor het laagseizoen, oranje is het middenseizoen en rood geeft het hoogseizoen aan.'

'Alle schoolvakanties en de kerstperiode,' vulde Karin aan.

'Kerst valt in de schoolvakantie, schat,' bromde Robert. Hij wees met zijn vinger naar het gekleurde schema. 'Wat ik dus net van je begrepen heb, Ibrahim, is dat dit "timesharing" heet. Je koopt vakantieweken in de periode die jou het beste uitkomt. Maar weet je hoe ik het zie? Je betaalt eenmalig een bedrag en bent dan voor de rest van je leven aan een periode en een appartementencomplex gebonden. Verplicht elk jaar op dezelfde tijd naar hetzelfde appartement. Dat komt je na een paar jaar echt je strot uit.'

Ibrahim bleef vriendelijk glimlachen. Mensen rondleiden en in de watten leggen was nog makkelijk. Maar ze daadwerkelijk overtuigen was een heel ander verhaal. Daarvoor waren andere kwaliteiten nodig. Hij had echter voldoende ervaring in het bespelen van mensen. Overredingskracht, vastbeslotenheid, geloofwaardigheid en charme waren zijn krachtigste wapens.

'Ik begrijp best wat je bedoelt, Robert,' zei hij begrijpend. Het tutoyeren, het 'jij' en 'jou' zeggen in plaats van 'u', was onderdeel van zijn tactiek. 'Er zijn echter een aantal belangrijke zaken die we niet door elkaar moeten halen. Dat schept namelijk een vertekend beeld van Golden Oasis en dat is het laatste wat ik zou willen. Het is namelijk mijn taak om jou en Karin zo eerlijk en zorgvuldig mogelijk te informeren over de pakketten die wij aanbieden. Wij hebben alle voorwaarden helder in de brochure staan en kunnen jullie natuurlijk nergens toe verplichten. Zoals ik jullie al eerder vertelde, werken wij op een Spaanse vergunning. Daarom zijn wij strikt aan de wetten gebonden.'

Dit laatste was een leugen. Het klonk wel lekker en de meeste klanten waren gevoelig voor termen die 'officieel' waren. Het leek ook wel voor Karin en Robert te werken. Prima, dacht hij. Het begin van een overeenkomst is er.

'Even wat kou uit de lucht halen,' ging hij verder. 'Ik zal het punt voor punt aanhalen; te beginnen met de periode waarvoor je kiest.' Met de nagel van zijn rechterwijsvinger tikte hij op de gekleurde vakjes. 'De mensen die besluiten een appartement op Golden Oasis aan te schaffen, kiezen de periode die hun het best uitkomt. Niemand wordt ergens toe gedwongen. Mocht het zo zijn dat die periode een keertje slecht uitkomt – door bijvoorbeeld een trouwerij, geboorte, begrafenis of verhuizing – dan regelt onze administratie een andere periode. Er bestaat namelijk al een ruilsysteem tussen onze klanten. Het verschil in kosten, een rode week is bijvoorbeeld kostbaarder dan een blauwe, wordt onderling verrekend. Probleem opgelost.'

Karin straalde. 'Wat een geweldige service.'

'Dat is nog niet alles,' haakte Ibrahim meteen in. 'De eigenaar van Golden Oasis heeft eveneens belangen in vijf andere resorts. Deze staan in Florida, Mexico, Thailand, Tenerife en Frankrijk. Hiermee is een uitwisselingsproject opgezet. Met andere woorden: wil je eens wat anders dan Mallorca, dan kun je kiezen uit vijf andere bestemmingen. Het is dus absoluut niet zo dat je verplicht bent om je vakantie altijd op een en dezelfde locatie door te brengen.' Hij glimlachte er overtuigend bij.

'Magnifiek,' zei Karin. 'Als we een groot appartement in de vakantieperiode nemen, kunnen de kleintjes ook komen.' In haar uitgelatenheid stootte ze onhandig haar handtas om. Er viel wat uit. Robert maakte een nors hoofdgebaar naar de inhoud.

'Als je die envelop verliest, stelen ze mijn hotelkamer leeg,' gromde hij. 'En dan koop ik helemaal niets meer. Zelfs geen appartement in de gunstige blauwe periode.'

Ibrahims geoefende oog zag hoe Karin het kaartje met magnetische strip in een witte envelop stopte waarop in rode letters RESIDENCE EXCELSIOR stond. Het was hun toegangskaartje tot een kamer in het duurste hotel van Mallorca. Hij voelde hoe zijn kansen op een deal stegen.

'Heb ik jullie al verteld over de speciale kinderfaciliteiten van Golden Oasis?' vervolgde hij snel op honingzoete toon.

3

'Binnen,' zei Sarah Saunders. Haar blik bleef gericht op de verkooplijst die haar secretaresse een halfuur geleden had bezorgd. Als commercieel directeur van Golden Oasis waren deze cijfers voor haar van levensbelang. Haar basissalaris was niet zo hoog. Dat gold voor bijna alle werknemers van het resort. De bonussen die ze konden verdienen waren juist weer uitstekend. Bij voldoende verkoop streek ze een riant salaris op.

'We hebben de jackpot getrokken,' sprak Ibrahim met een brede grijns op zijn gezicht. Hiermee probeerde hij de onzekerheid te maskeren die altijd opspeelde als hij tegenover Sarah Saunders stond. Ze was knap, intelligent en arrogant op een sexy manier. Hij wist dat hij nooit een kans bij haar zou maken. 'Twee Nederlanders willen drie weken in de rode periode kopen,' vervolgde hij.

Saunders maakte een snelle optelsom en keek hem opeens bijzonder geïnteresseerd aan.

'Maar?' vroeg ze even later. Door haar jarenlange werkervaring in verschillende resorts wist ze meteen dat er een probleem was. Hier bij Golden Oasis hadden haar mensen op de werkvloer de contracten altijd bij zich. Ze handelden deze zelf met de klanten af. Wanneer een deal succesvol was afgesloten, meldden zij zich bij haar op kantoor. Ibrahim maakte echter een onzekere indruk. Het paste niet bij een werknemer die net klanten had binnengehaald en daarmee een leuke bonus had opgestreken.

'Die man is van de oude stempel,' zei Ibrahim. 'Volgens het kraslot heeft hij 5.000 euro cash gewonnen en dat wil hij dus letterlijk op tafel zien. "Boter bij de vis" en meer van dat soort uitspraken die ik je zal besparen.'

'Heb je hem er niet op gewezen dat die 5.000 euro van de aankoopprijs wordt afgetrokken?'

'Natuurlijk, maar daar wilde hij absoluut niet aan. Een woord is voor hem een woord. Hij wil best tekenen, maar dan moet er naast het contract wel 5.000 euro liggen.'

'Het rechtdoorzee type, dus,' merkte Saunders op. Ze streek met het puntje van haar tong over haar bovenlip. De bonus die ze op zouden strijken was aanlokkelijk. Ze overdacht haar mogelijkheden om de man over de streep te trekken en nam een beslissing.

'Als hij zijn handtekening onder een contract van 165.000 euro wil zetten, ben ik best bereid om 5.000 euro in cash te betalen.'

Ibrahim schraapte zijn keel. Ze keek haar medewerker nu streng aan.

'Er is nog een probleem, nietwaar?'

Ibrahim schudde traag met zijn hoofd. 'Ik wil het geen echt probleem noemen. Het is meer een vervelend detail waarvoor we een oplossing moeten zoeken.'

'Identificatie?' vroeg Saunders. Het kwam vaker voor dat gasten geen papieren bij zich droegen. Het merendeel werd tenslotte op straat aangesproken en meegetroond naar het resort.

'Wat weet je van ze?'

'Onze mensen hebben ze opgepikt op de boulevard van Palma op loopafstand van Residence Excelsior. In haar tas zat een envelop van datzelfde hotel met daarin de elektronische sleutel voor de kamer. Dat heb ik zelf gezien. Het kamernummer is 222. Dat vond de vrouw namelijk zo'n makkelijk nummer om te onthouden, vertelde ze. En ik heb het nummer van zijn mobiele telefoon.'

'Oké,' zei Saunders bedachtzaam. 'Dat is aardig wat.' Ze zocht in een klein opschrijfboekje naar een telefoonnummer. Toen ze het had gevonden, toetsten haar slanke vingers snel het nummer in.

'Hallo, Juan,' sprak ze uiterst vriendelijk. 'Hier ligt een briefje van vijftig euro voor me dat van eigenaar wil verwisselen.'

'Waarmee kan ik u van dienst zijn, mevrouw Saunders?' reageerde de receptionist van Residence Excelsior gretig.

'Zegt de naam Van Loon jou iets?

'Natuurlijk, dat zijn vaste klanten van ons. Een echtpaar uit Holland. Aardige mensen. Zij komen hier minstens drie keer per jaar.'

'Kamer 222?'

'Correct.'

'Heb jij ze vandaag nog gezien?'

Er viel heel even een stilte. Saunders kende Juan al jaren en wist dat de receptionist goed nadacht over het antwoord dat hij ging geven. Tenslotte ging het wel om vijftig euro, wat voor hem een aardig bedrag was. Hij realiseerde zich terdege dat zijn informatie wel nauwkeurig moest zijn, anders was het snel afgelopen met de samenwerking. Dan belde ze de volgende keer gewoon een collega.

'Vanmorgen na het ontbijt hebben ze het hotel verlaten,' zei hij op zelfverzekerde toon. 'Daarna heb ik ze niet meer gezien.' Hij wachtte een paar tellen en voegde eraan toe: 'Hebben ze het naar hun zin in Golden Oasis?'

'Perfect,' antwoordde Saunders en bedankte hem voor de inlichtingen. Met de hoorn nog in haar hand knikte ze naar het papiertje dat Ibrahim vasthad. Hij begreep dat ze het nummer van de familie Van Loon wilde weten en las het voor. Nadat de telefoon driemaal was overgegaan, zei een donkere mannenstem: 'Met Robert van Loon.'

'Goedemiddag, meneer Van Loon. U spreekt met Sarah Saunders, commercieel directeur van Golden Oasis. Ik wil u en uw vrouw langs deze weg feliciteren met uw aankoop. Binnenkort hoop ik u beiden persoonlijk de hand te kunnen schudden.'

Ibrahim Bousaba voelde hoe prettige kriebels langs zijn ruggengraat liepen. Van zijn salaris kon hij maar net de huur van zijn appartementje betalen, voor uitgaan en andere leuke dingen bleef weinig tot niets over. Zijn vorige bonus dateerde van ruim een maand geleden en die was al op. Hij dacht aan de swingende disco's in Palma de Mallorca waar hij eindelijk weer eens naartoe kon. Flirten met de meiden en voor de verandering niet beknibbelen op elke uitgave. Ja, de investering van de familie Van Loon kwam voor hem als geroepen!

4

De taxi stopte voor Residence Excelsior. Ze stapten uit en liepen naar de lounge.

'Bestel jij maar wat te drinken, schat,' zei Robert van Loon. 'Ik ben zo terug.' Hij liep naar de lift, stapte in en drukte op de knop naast nummer 2.

Ze boog iets naar Ibrahim toe. 'Hij kan alleen een grote boodschap doen op zijn eigen wc,' fluisterde ze in zijn oor. Hierna lachte ze als een schuchter tienermeisje dat een vieze mop aan een vriendin had verteld.

'Dat hoor je wel meer,' antwoordde Ibrahim zo onverstoorbaar mogelijk. Hij liet zich in de zachte kussens van de bank zakken en streek onbewust met zijn linkerhand over zijn colbertje. In de binnenzak daarvan zat het door Van Loon ondertekende contract. De koppige Nederlander had zich aan zijn woord gehouden en direct getekend toen hij de 5.000 euro ontving. Nu was het enkel een kwestie van de juiste paspoortgegevens invullen. En als Van Loon eerst uitgebreid wilde poepen, vond Ibrahim dat prima. De buit was toch al binnen. Hij dacht aan zijn eigen bonus en waaraan hij het geld zou gaan besteden.

Karin stond op. 'Wat wil jij drinken?'

'Een mineraalwater, alstublieft.'

Karin liep naar de bar en kwam even later met twee mineraalwater en een groot glas bier terug.

'Dat vindt hij vast lekker na zo'n spannende dag.'

Ibrahim wist niet goed wat hij hier nu weer op moest antwoorden. Zijn geloof verbood alcohol en hij hield zich daar strikt aan, dus zei hij: 'Dat denk ik ook.'

Nadat ze een slok van haar water had genomen, veerde Karin op. Ze wees naar een ouder echtpaar dat via de openstaande deuren van de lounge naar het terras wilde lopen. 'De familie Smit,' sprak ze enthousiast. 'Die mensen moet jij ontmoeten.' Ze stond op en gaf hem een knipoog. 'Een juweliersfamilie die er warmpjes bijzit.'

Ibrahim keek haar blij verrast aan. Twee vliegen in één klap, dacht hij. Waarom niet? Er waren van die dagen dat alles lukte. En misschien was vandaag wel zo'n dag.

'Blijf maar zitten, ik haal ze wel,' zei Karin. Hierna liep ze meteen op een drafje naar het terras. Op zoek naar het echtpaar dat intussen uit het zicht was verdwenen. De oudjes waren links langs het gebouw naar de tuin afgeslagen. Eenmaal in de tuin passeerde Karin het echtpaar in hoog tempo, zonder een woord te zeggen. Even later bereikte ze een stalen hek dat alleen van binnenuit kon worden geopend. Ze verliet de tuin en wandelde naar de taxi die langs de weg geparkeerd stond. Ze opende het achterportier en stapte in. Haar man zat naast de bestuurder. Volgens het uitgekiende plan had hij de lift naar de tweede verdieping genomen. Daar had hij de brandtrap naar beneden genomen. Via de tuin had hij het terrein verlaten en een taxi aangehouden. Daarna was het wachten tot zij verscheen.

'Hoe ging het?' vroeg hij aan zijn vrouw, die eigenlijk Carla heette.

'Een makkie. Zijn ogen schitterden toen ik over die rijke juweliersfamilie begon.'

Bertil Doorakker, die zich voor had gedaan als Robert van Loon, grinnikte voldaan. Het was hen weer gelukt. Ze waren vijf dagen bezig geweest voordat ze het ideale paar hadden gevonden. In verschillende hotels hadden ze met talloze echtparen een gesprekje aangeknoopt. Uiteindelijk bleek al hun moeite niet voor niets. Robert en Karin van Loon waren vriendelijke, praatgrage mensen. Binnen twee uur hadden Bertil en Carla de juiste informatie. Ze wisten hoe ze zich moesten voordoen als Robert en Karin van Loon.

Vandaag moest het gebeuren. Robert en Karin waren door oude vrienden uitgenodigd om naar hun villa aan de noordkant van het eiland te komen. Carla had een envelop van Residence Excelsior meegenomen en Robert een prepaid telefoon. Die zou hij straks weggooien. In de envelop bewaarden ze het kaartje van hun eigen hotelkamer. Carla hoorde Karin nog zeggen hoe makkelijk het kamernummer 222 toch te onthouden was. Bertil maakte de chauffeur duidelijk dat hij kon stoppen. Hun appartement lag twee straten verderop. Het laatste stukje zouden ze lopen. Je voor de deur af laten zetten was een luxe die goede oplichters zich niet konden permitteren.

'Hoe zou het met Ibrahim zijn?' vroeg Bertil toen ze de straat over waren gestoken.

'Die is er nu wel achter dat er iets niet klopt,' antwoordde Carla droog.

Terwijl Carla hun laatste deal voor de volgende dag voorbereidde, genoot Bertil van een biertje. Hij mocht zelden drinken omdat hij sinds vijf jaar hartpatiënt was. Gelukkig waren de dokters er op tijd bij geweest, anders had hij hier niet meer gezeten. Na zijn operatie moest hij wel medicijnen blijven slikken. Ook volgde hij een dieet en mocht hij zich niet te druk maken. Opwinding kon fataal zijn, had de specialist benadrukt. Hoewel hij verzekerd was, waren sommige medicijnen toch wel erg duur. Zeker voor iemand die postbode was geweest en maar een klein pensioen had. Inmiddels hadden ze al een leuke som geld buitgemaakt. En de grote klap moest nog vallen. Morgen.

Bertil nam een slok en dacht terug aan het moment dat het allemaal was begonnen. Twee jaar geleden waren zij tijdens een korte busvakantie in Spanje op de boulevard aangesproken door jonge mensen. Of ze een gratis kraslot wilden. Met de belofte van een grote prijs werden ze naar het complex gebracht. Het liep uit op een grote teleurstelling. Omdat zij in hun onwetendheid open spel speelden, werd het hun gastheer snel duidelijk dat zij niet erg rijk waren. Ze werden afgescheept met een fles goedkope wijn en teruggebracht naar de boulevard. De jonge mensen bleken voor een timeshare-organisatie te werken. Tot dan hadden ze niet eens geweten dat timesharing bestond. Laat staan wat het inhield.

Die avond had Carla weinig gesproken. Ze was in zichzelf gekeerd geweest, alsof ze op iets aan het broeden was. Omdat ze de volgende morgen weer de oude was, stelde hij er verder geen vragen over. Ze stapten op de bus naar Nederland en daarmee leek de kous af.

Thuis dook Carla meteen achter de computer. Vanuit zijn stoel ving hij af en toe een glimp op van de internetsites die allemaal te maken hadden met timesharing. Een paar weken later drong

Carla aan op nog een korte busvakantie naar Spanje. Ze wilde naar Benidorm, aan de Costa Blanca. En deze keer met een plan.

Ze waren gegaan en werden inderdaad weer op een boulevard aangesproken. Nu 'wonnen' ze ook een prijs en werden naar een resort gebracht. In tegenstelling tot de vorige keer, loog Bertil in opdracht van Carla over zijn beroep. In plaats van een gepensioneerde postbode was hij een makelaar in ruste. Het was opmerkelijk hoe vriendelijk hun gastheer bleef. De man rook overduidelijk geld en deed zijn uiterste best om het hun constant naar de zin te maken. Geheel volgens plan kapte Carla af op het moment dat er getekend moest worden. Omdat ze volhield dat ze er eerst nog een nachtje over wilde slapen, liet de verkoper hen uiteindelijk gaan. Hij was hier niet blij mee.

Carla wist genoeg. Weer in Nederland legde ze het plan tot in detail aan hem uit. In eerste instantie was hij wat huiverig, maar toen ze al zijn bezwaren wist te weerleggen was hij overtuigd.

Bertil dronk zijn glas leeg. Carla had gelijk gekregen, wist hij nu zeker. De mensen van de timeshare-organisatie waren zó happig om te verkopen, dat ze zich om de tuin lieten leiden. Zij hadden mooie praatjes om onwetende vakantiegangers dure vakanties aan te smeren, maar konden ook net zo makkelijk zelf voor de gek gehouden worden, merkte Bertil. Ze hadden niet doorgehad dat hij en Carla valse informatie gebruikten om de geldprijs mee te krijgen. En op het moment dat ze hun paspoort moesten laten zien, waren ze ervandoor gegaan.

Hij zette het glas neer en liep naar binnen. Het leven was mooi, dacht hij.

5

Ibrahim zat voorovergebogen in een fauteuil die recht tegenover het bureau van Sarah Saunders stond. Zijn ellebogen steunden op zijn knieën. Zijn gezicht lag begraven in zijn handen. Zijn ogen waren gesloten. Hij zuchtte.

De stilte in de kamer was beklemmend. Alleen het zoemen van de airco was te horen. 'Ongelofelijk,' mompelde Ibrahim verslagen. Hij deed zijn ogen open, maar durfde Sarah nog niet aan te kijken. 'Het is gewoonweg onvoorstelbaar dat ik er op zo'n kinderlijke wijze ben ingetuind.'

Nu zuchtte Sarah ook diep. Haar mond was een streep. Haar kaakspieren aangespannen. Ze was woedend. 'Datzelfde geldt voor mij,' zei ze kortaf. 'En ik ben toch al heel wat jaartjes actief in deze business.' Ze tikte fel met haar nagels op het bureaublad. 'Vertel me nog een keer hoe het in Residence Excelsior is verlopen. Vanaf het moment dat "mevrouw Van Loon" opstond om die juweliersfamilie te halen. Wat daarvoor gebeurde geloof ik wel.'

Ibrahim knikte. 'Nou, ik eh...'

'Concentreer je,' onderbrak ze hem meteen. 'Het gaat om details. We zitten nu op een dood spoor. Misschien schiet je iets te binnen waar we alsnog verder mee komen.'

Ibrahim probeerde het moment zich zo helder mogelijk te herinneren. Hij haalde diep adem en begon rustiger te spreken. 'Na een minuut of tien wachten, stond ik op. Ik vond het vreemd dat het allemaal zo lang duurde. Karin die maar niet met die familie terugkwam en Robert die wel erg lang op de plee zat. Ik besloot poolshoogte te gaan nemen. Eerst liep ik naar het terras waar Karin was verdwenen. Toen dat niets opleverde, nam ik de lift naar de tweede verdieping. Eenmaal bij kamer 222 aangekomen, klopte ik op de deur. Ik moest toch wat?' Hij keek Sarah vragend aan.

'Ik neem aan dat je toen iets van argwaan kreeg?'

Ibrahim maakte een vaag gebaar met zijn hoofd. Alsof hij niet wist of hij met ja of nee moest antwoorden.

'Ik weet het niet. Daarover voel ik me nu ook zo lullig. Op dat moment begon ik wel een vermoeden te krijgen dat er iets niet klopte. Ik kon alleen niet geloven dat ze me echt hadden laten zitten.'

'Ga verder,' spoorde ze hem aan.

'In een opwelling liep ik naar de receptie. Ik bedacht dat het verstandiger was om eerst met Juan te praten voordat ik jou ging bellen.'

Ibrahim boog iets naar voren. Zijn blik bleef strak gericht op een schilderij dat aan de muur hing. 'Ik vroeg hem of hij soms enig idee had waar Robert en Karin van Loon uithingen. Hij keek me niet-begrijpend aan en antwoordde dat je hem ongeveer een uur daarvoor dezelfde vraag had gesteld.'

'En toen viel bij jou het kwartje?'

'Nee, dat kwam pas toen ik verder doorvroeg en het duidelijk werd dat het tweetal met wie ik was binnengekomen niet het echtpaar Van Loon was.'

Sarah klakte ontstemd met haar tong.

'En dat kon Juan niet zelf bedenken? Ik bedoel, hij had daarvoor nog een telefoontje van mij gehad. Ging er geen lichtje bij hem branden toen hij jou zag binnenkomen met twee volslagen onbekenden in plaats van de familie Van Loon?'

Ibrahim haalde zijn schouders op. 'Dat heb ik hem ook gevraagd en zijn antwoord klonk best logisch. Op het moment dat ik binnenkwam, was hij bezig met klanten van het hotel. Hij dacht dat ik nieuwe mensen had uitgenodigd voor een drankje in Residence Excelsior en hen probeerde te interesseren voor een rondleiding in Golden Oasis. Hij legde de link niet tussen het echtpaar en jouw eerdere telefoontje over de familie Van Loon.'

Sarah knikte. 'Daar zit wat in.' Ze maakte een snelle aantekening op een papiertje. 'Hij krijgt gewoon die vijftig euro. Het is onze fout, niet die van hem.'

Ibrahims blik gleed van het schilderij naar de ramen. Hij begon nu zelf ook weer kwaad te worden. 'Die oudjes hebben ons flink te pakken,' zei hij nu luider. 'De bedrieger bedrogen.'

Sarah stond langzaam op. In haar ogen lag een dreigende blik die zich in de ogen van haar ondergeschikte boorde.

'Zeg dat nooit meer, Ibrahim. Onze verkoopmethodes mogen dan twijfelachtig zijn, wij zijn geen dieven. De mensen krijgen hier precies wat ze kopen. Dat is een groot verschil met wat dit stel ons nu heeft aangedaan. En als je er zo over blijft denken, weet ik niet of je hier wel op de juiste plek bent.' Zonder zijn reactie af te wachten, draaide ze zich om en liep naar het raam. Met half toegeknepen oogleden keek ze naar buiten.

Ibrahim schrok. Bedoelde ze dat hij ontslagen kon worden?

Sarah onderbrak zijn gedachte. 'Dit zijn oplichters. Mensen met ervaring en met een uiterst secure werkwijze. Ze bereiden hun diefstal tot in detail voor.'

Ibrahim merkte dat ze meer tegen zichzelf sprak dan tegen hem. Ze leek een plan te bedenken.

'Gezien de professionele aanpak kunnen wij ervan uitgaan dat dit niet hun eerste klus is. Dat houdt dus in dat ze een historie op dit gebied hebben. Dus moeten ze ergens aanwijzingen of bewijsmateriaal achter hebben gelaten. Niemand is onfeilbaar. Ieder mens laat weleens een steekje vallen. En dat is nu precies wat wij moeten gaan uitzoeken. Wat jij moet gaan uitzoeken.' Ze draaide zich om. 'Je kunt gaan, Ibrahim. Laat het me meteen weten als je iets vindt. Ik zal mijn netwerk van andere timeshare-managers inschakelen.'

Ibrahim knikte en liep naar de deur. Toen hij deze achter zich sloot, slaakte hij een zucht van verlichting. Dat had niet eens zoveel te maken met de gekregen kans om zijn fout recht te zetten. Hij was vooral opgelucht omdat hij bij Sarah uit de buurt was. Ze was kalm gebleven, maar hij had gezien dat ze zich had ingehouden. En dat ze vastbesloten was het echtpaar te vinden. Met zijn hulp. Maar waar moest hij beginnen?

6

'Hierover mag ik niet beslissen, meneer Groothuis,' zei Guido Terpstra. Hij glimlachte verontschuldigend. 'Dit moet ik echt met mijn directeur overleggen.'

Bertil Doorakker deed zich nu voor als Hans Groothuis en knikte vaderlijk. 'Dat begrijp ik, Guido.' Hij haalde zijn schouders op. 'Toch is het vrij simpel. Als jullie gewoon doen wat de mensen op de boulevard ons hebben beloofd, is er niets aan de hand. Vijfentwintigduizend euro cash bij het tekenen van een contract.' Door de zonnebril die hij op had, leek het alsof hij Guido nog doordringender aankeek. Hij draaide zijn hoofd weg van Guido en keek naar de Middellandse Zee. Zelfverzekerd, ontspannen. Hij kreeg die houding steeds beter onder de knie.

Guido stond op. 'Ik werk hier al drie jaar, meneer Groothuis, en ik kan u verzekeren dat het management van Tropical Beach Resort altijd haar afspraken nakomt. Nogmaals, dit valt buiten mijn beslissingsbevoegdheid. Daarom ga ik het direct aan mijn directeur voorleggen.'

Carla Doorakker die vandaag door het leven ging als Ans Groothuis, lachte hem op moederlijke wijze toe. 'Doe nou maar rustig aan, jongen.' Ze boog zich naar voren en pakte zijn hand even vast.

'Mijn man vindt het hier prachtig. Hij tekent heus wel.'

Hans zuchtte theatraal.

'Ik wil best voor die drie weken tekenen, Ans,' zei hij sussend. 'Maar wel op de vooraf gestelde voorwaarden. Anders gaat de deal niet door.'

Carla keek hem even aan en keek vervolgens naar Guido Terpstra. Ze maakte een weids gebaar met haar handen en glimlachte meisjesachtig. 'Eigenlijk heeft hij wel gelijk. Een deal is tenslotte een deal, nietwaar?' Haar hand gleed over zijn bovenarm. 'Wat kun je soms een brombeer zijn.'

‘Maar wel een eerlijke brombeer,’ voegde hij er glimlachend aan toe.

Guido knikte hen snel toe. ‘Ik ga nu met mijn directeur praten,’ zei hij. ‘Als u nog wat champagne wilt, hoeft u enkel de ober te wenken.’

‘Doen we,’ antwoordde Bertil. Het klonk vanzelfsprekend. Zoals een echte rijke bouwondernemer die Hans Groothuis heette ook zou doen.

7

Bertil wenkte de ober. Ze moesten het ervan nemen bij deze laatste klus. En bouwondernemer Hans zou het vast ook gedaan hebben.

Dit was de vierde keer dat ze hun truc uithaalden en het spelen van een rol ging hem steeds beter af. De eerste keer aan de Costa Brava en het daaropvolgende optreden aan de Costa Blanca had hij stijf van de zenuwen gestaan. Blijkbaar was hij overtuigend genoeg overgekomen; in beide gevallen was hun missie geslaagd. In totaal hadden ze twintigduizend euro te pakken gekregen.

En nu op Mallorca was het nog beter gegaan. Hij zat lekker in zijn rol en voelde zich de dag ervoor ook echt Robert van Loon. Dat kwam vooral door Carla. Zij was de grote drijfveer achter dit hele project. Zij had het allemaal bedacht en uitgewerkt. Ondertussen begeleidde ze hem in zijn rollenspel. Ze wist precies wat ze wilde en hoe dit moest gebeuren.

Toeslaan bij Tropical Beach Resort was hun grootste en voorlopig laatste project. Carla vond dat ze daarmee vooruit konden. Bovendien moesten ze voorzichtig zijn. Als ze te veel wilden en te lang doorgingen, konden ze gepakt worden. Ze namen dan ook een risico door op Mallorca te blijven. Gelukkig zaten ze nu aan de andere kant van het eiland. Waarschijnlijk zouden ze bij Golden Oasis niet zo snel kunnen uitzoeken wie zij echt waren. Hun aanpak zou in Tropical Beach Resort niet anders zijn dan de vorige keren. De manier waarop timeshare-organisaties mensen probeerden binnen te halen was overal in Zuid-Europa hetzelfde. Daarom konden Bertil en Carla steeds op dezelfde manier reageren en hetzelfde toneelstukje opvoeren.

Toen ze na de rondleiding op het terras gingen zitten en het moment van de waarheid aanbrak, kwam de aap uit de mouw. Het was precies zoals Carla al had voorspeld. Om met vijfentwintigduizend euro in contanten het resort te verlaten, moesten ze scherp blijven. Guido stelde dat dit bedrag in principe van het totale aankoopbedrag werd afgetrokken. Een truc die alle timeshare-organisaties gebruikten. Hij voegde eraan toe dat de bonus alleen gold voor klanten die minstens vier weken in de rode weken, het hoogseizoen, kochten.

Carla en Bertil hadden vaak geoefend hoe Bertil hierop moest reageren. Eerst deed hij verontwaardigd over zoveel onrecht. Op de boulevard was duidelijk gesteld dat zij dé hoofdprijs hadden gewonnen.

Guido bleef begripvol en koel. Hij kon hun reactie begrijpen, maar had ook met zijn werkgever te maken.

Carla viel haar man dan op het juiste moment bij. Ze speelde altijd de huisvrouw die alles gezellig wilde houden. Ondertussen kon ze de situatie wel manipuleren. Ze kalmeerde haar echtgenoot. Daarna kwam zij met een oplossing die niet voor de hand lag. Ze stelde dan voor om in plaats van twee weken, voor vier weken in de rode periode te tekenen. Dan was uiteindelijk iedereen tevreden. 'Wat kan jou dat geld nou schelen, Hans' (of Robert, of Kees, of wie hij dan ook speelde). 'We hebben toch genoeg.' Dit werkte altijd. Ook bij Guido. Carla haalde haar schouders op om aan te geven dat er verder niet moeilijk gedaan moest worden. Ze liet de mannen verder discussiëren. Terwijl ze zogenaamd van de omgeving genoot, luisterde ze aandachtig naar elk woord. Ze probeerde zo onopvallend mogelijk Guido's lichaamstaal te bestuderen. Alles liep volgens verwachting. Guido's mobiele telefoon begon te trillen. Hij verontschuldigde zich. Snel zei hij dat hij de directeur zou halen om de deal rond te maken. Terwijl hij de telefoon opnam, liep hij weg. Bertil Doorakker zag de tevreden glimlach op het gezicht van zijn vrouw. Wat zijn deze mensen toch dom en doorzichtig, stond in haar ogen geschreven.

Het duurde een halfuur voordat Guido terugkeerde op het terras. Hij droeg een attachékoffertje en lachte hen toe. Dat beloofde veel goeds! Naast hem liep een slanke man met gitzwart haar. Zijn donkerblauwe pak zat hem als gegoten. Zijn glimlach was net zo perfect.

'Meneer en mevrouw Groothuis, ik wil u graag voorstellen aan de directeur Jorge Gonzalez,' sprak Guido gewichtig.

Ze schudden elkaar de hand.

'Meneer Gonzalez spreekt Engels,' ging Guido verder. 'Spaans lukt ook, als u dat liever wilt.' Hij knipoogde.

Bertil en Carla lachten beleefd om dit grapje.

'Liever Nederlands,' antwoordde Bertil voorbereid. Hoewel ze een beetje Engels en Duits spraken, zouden ze dit nu niet doen. In een andere taal was een verspreking zó gemaakt. En fouten konden ze zich niet veroorloven.

'Wat u wilt, de klant is koning,' zei Guido joviaal.

Jorge Gonzalez bleef hen vriendelijk aankijken. Waarschijnlijk begreep hij geen woord van wat er werd gezegd.

Guido legde het koffertje op de tafel. 'We hebben een deal,' zei hij. Hij opende het koffertje en haalde er een contract en een dikke envelop uit. Gonzalez wenkte een ober die al met een grote fles champagne klaarstond. Terwijl de ober de glazen volschonk, trok directeur Gonzalez de aandacht van zijn medewerkers die aan andere tafeltjes cliënten probeerden te werven. Na dit seintje stond iedereen op en schuifelde naar het tafeltje van Carla en Bertil.

Ineens voelde Bertil een steek in zijn borst. Onbewust had hij zich te veel opgewonden. Hij trok een pijnlijk gezicht. Zijn hand ging automatisch richting zijn borstzakje. Een waarschuwende blik van Carla zorgde ervoor dat zijn hand in de lucht bleef steken. Hij herinnerde zich meteen haar stelling dat timeshare-organisaties niet op mensen zaten te wachten die aan een levensbedreigende chronische aandoening leden. Hij glimlachte door de pijn heen naar Guido. Die keek hem zorgelijk aan.

'Ik heb me vanmorgen nogal hard gestoten,' verklaarde Bertil.

Guido leek deze verontschuldiging te accepteren.

Rond de Nederlandse kopers werd een kring gevormd.

'Deze mensen staan op het punt om vier weken in de rode periode te kopen,' zei Guido vlot in het Nederlands, Duits en Engels. 'Zij zetten nu hun handtekening!'

Deze mededeling werd door de menigte met gejuich ontvangen. Camera's klikten toen Bertil tekende en daarna de envelop van Jorge Gonzalez in ontvangst nam. Wederom een hoogtepunt voor Tropical Beach Resort, waar de tevredenheid van de klant voorop stond, benadrukte Guido. Zijn collega's knikten beamend. Dit was uitstekende reclame voor het resort, wisten ze. In stilte hoopten ze dat deze vertoning hun cliënten net dat beslissende zetje zou geven. Dan konden zij ook een flinke bonus in de wacht slepen.

Na ongeveer tien minuten nam directeur Gonzalez afscheid. Hij wenste het echtpaar veel plezier met hun nieuwe vakantiebestemming en vertrok naar zijn kantoor. Guido liep met Carla en Bertil mee naar de uitgang van het resort. Daar stapten ze gezamenlijk in een taxi. In hun hotel lagen hun paspoorten. Die moesten ze nog laten zien om de overeenkomst helemaal rond te maken. Voor Guido was het een kleine moeite om hiervoor even mee te gaan. Voor Bertil en Carla was dit moment de laatste stap naar een rijker bestaan. Ze moesten gewoon volgens plan verdwijnen...

8

Bertil trok een pijnlijk gezicht toen ze de lounge van hotel Coral Playa binnenliepen.

Guido Terpstra keek hem bezorgd aan.

'Weer die plek, meneer Groothuis?'

Carla maakte een sussend gebaar met haar hand. 'Dit is wat anders. Hans heeft hier weleens last van.'

Bertil Doorakker alias Hans Groothuis knikte in de richting van de lift.

'Ik ga naar onze suite en kom terug met de paspoorten, oké?'

'Ik loop een stukje met u mee. Ik moet even naar het toilet.' Samen sloegen de mannen rechts af langs de balie naar de gang waar de liften en de toiletten waren.

Toen Guido terugkeerde, pakte Carla de jongeman zachtjes bij zijn bovenarm en leidde hem naar een fauteuil.

Nadat ze in de comfortabele stoelen hadden plaatsgenomen, boog zij zich licht voorover. Ze bracht haar gezicht vlak bij dat van Guido. 'Hij kan alleen maar in een vertrouwde omgeving naar het toilet,' sprak ze op samenzweerderige toon.

Guido knikte begrijpend. Uit zijn houding bleek dat hij dit geheim liever niet wist. Carla schakelde meteen over op een ander onderwerp.

'Wat wil je drinken?'

'Nou... eh... eigenlijk niets.'

'Doe niet zo flauw, joh,' antwoordde Carla met gespeelde strengheid. 'Op onze overeenkomst mag nog best wat worden gedronken, hoor.'

Guido begreep dat hij niet kon weigeren en koos een cola. Voordat hij de kans kreeg om overeind te komen, was Carla al opgestaan.

'Deze is voor onze rekening,' verduidelijkte ze. 'Jij hebt vandaag al genoeg rondjes gegeven.' Door rechtstreeks naar de bar te lopen, gaf ze hem geen kans te protesteren.

Even later kwam ze terug met een cola en een mineraalwater. Ze ging weer zitten, nam een slok en trok ineens haar wenkbrauwen op. Snel slikte ze het water door en knikte naar een echtpaar dat langs de balie liep. 'Daar lopen Fedor en Lieke Hilgersma.' Haar gezicht straalde. 'Zulke fijne mensen, wij gaan al jarenlang met ze om.'

Fijn voor jullie, dacht Guido, maar hij zei: 'O ja?'

'Ja! Zij hebben een keten van een paar honderd kledingwinkels. Je wilt me toch niet vertellen dat jij ze niet kent?'

Hij had geen idee of hij ze echt moest kennen, maar was wel meteen geïnteresseerd. 'Nee, ik geloof niet dat ik die naam eerder heb gehoord. Of hen hier eerder heb gezien.'

'Dan wordt het de hoogste tijd dat je ze leert kennen,' zei Carla beslist. 'Wie weet hoe enthousiast ze reageren als ik ze vertel over onze nieuwe aanschaf in Tropical Beach Resort.' Ze gaf hem een teken dat hij vooral moest blijven zitten. 'Ik ga ze halen, ben zo terug.' Hierna liep ze snel achter het echtpaar aan dat zojuist in de gang naast de receptie was verdwenen. Toen ze uit het zicht van Guido was, kon ze eindelijk haar ware gezicht tonen. Ze genoot ervan. Weer zo'n sukkel die erin getrapt was. Gewoonweg onvoorstelbaar hoe goedgelovig mensen konden zijn! De buit was nu echt binnen. Terwijl ze de tuin inliep, kneep ze in haar handen. Ze liep naar het hek van de tuin. Daarachter lag de openbare weg. En hun vrijheid. Ze twijfelde er niet aan of Bertil zat al in een taxi op haar te wachten.

Ze trok het hek open, maar bleef na een paar passen verstijfd staan. De taxi bevond zich op de afgesproken plek. Bertil ook. Hij had zijn handen op zijn rug. Naast hem stonden twee agenten van de Guardia Civil. De twee collega's die haar stonden op te wachten, pakten haar bovenarmen stevig vast. Zonder een woord te zeggen begeleidden ze haar naar het groen met witte busje. Op het moment dat de achterdeuren openzwaaiden, drong het pas goed tot Carla door dat het spel uit was.

9

Bertil Doorakker zat op een stenen bankje. De politiecel was vijf meter lang, vier meter breed en drie meter hoog. Het was er bloedheet. Drukkend warm, omdat het er ook vochtig was. Door het raampje dat boven in de ruimte open stond, kwam nauwelijks frisse lucht naar binnen. Het was zwaarder dan hij dacht.

Na de arrestatie waren ze naar het politiebureau afgevoerd. Daar werd hun in het Engels verteld dat ze verdacht werden van oplichting en diefstal. Tenminste, dat was wat Bertil eruit begreep. Tenslotte was zijn Engels niet zo goed. Ze werden uit elkaar gehaald en apart naar een cel gebracht. Carla zat twee cellen verderop. Ze zouden met elkaar kunnen praten, maar hij hield zijn mond. Hij had geen enkele behoefte aan een gesprek met zijn vrouw. Van haar kwam ook geen geluid. Ze had hem alleen maar kwaad aangekeken. Alsof het allemaal zijn schuld was.

Bertil sloot zijn ogen. Even hapte hij naar adem. Zijn hart leek dichtgetrokken te worden door touwen. Weer die kramp! Zijn hand schoot naar zijn borstkas. Geen pillen! Die waren hem afgepakt. Hij had alle persoonlijke spullen moeten inleveren. De adrenaline gierde door zijn aderen. Rustig blijven ademhalen. Hij moest de aandacht zien te trekken, zodat ze hem een pil konden geven. Anders zou hij hier misschien nooit meer uitkomen.

Carla staarde in haar eigen cel recht voor zich uit. Ze was woedend op haar man. Hun arrestatie en uitzichtloze positie waren te wijten aan zijn dommigheid. Als hij haar instructies had uitgevoerd, was dit nooit gebeurd. Niets kon ze aan die man overlaten! Alles moest ze zelf doen! Zelfs het op een veilige afstand verkennen van de vluchtweg was voor hem nog te veel gevraagd. Als hij vanuit de tuin van Coral Playa eerst de weg had afgespeurd, was het nooit tot een arrestatie gekomen. Dan hadden ze elkaar ergens onderweg wel ontmoet. En dan had zij met een ingeving de zaak nog kunnen redden. Het was allemaal zijn schuld!

Van hun oplichtingspraktijken had ze geen spijt. De concerns die ze 'beroofd' hadden, waren rijk genoeg. Voor deze bedrijven stelde 5.000 euro niets voor. Terwijl het voor hen een beter, luxer leven betekende. Ze voelde zich eerder Robin Hood dan een ordinaire dief.

Na de eerste keer was ze nog een beetje verbaasd geweest dat het was gelukt. Al snel merkte ze dat het allemaal, bij iedereen, om hebzucht draaide. Daar worden mensen blind van. Waren Bertil en zij ook blind geworden? Nee. Zij was in elk geval tot het einde toe scherp gebleven.

Terwijl de tijd verstreek, zakte haar boosheid. Langzaam maar zeker drong de realiteit van de situatie tot haar door. Ze was drieënzestig jaar oud en zat in een Spaanse cel op verdenking van oplichting en diefstal. Enkele meters bij haar vandaan zat haar man die zij een beetje tegen zijn wil in in dit avontuur had meegesleurd. Hij was hartpatiënt. Zonder zijn medicijnen zou hij dood kunnen gaan. Maar daarom was dit avontuur ook begonnen. Ziek zijn en een klein pensioen hebben, dat was geen gelukkige combinatie. Ziek zijn. Pillen. Doodgaan...

O god! Wat heb ik gedaan? Hij moet zich vreselijk beroerd voelen. Als hij zich maar niet te druk maakt. Natuurlijk maakt hij zich druk. Hij zit in een cel! Zijn pillen. Ze hebben zijn pillen afgepakt!

10

De politieofficier legde de hoorn op de haak en keek Ibrahim Bousaba streng aan. 'Het is jouw geluksdag,' bromde hij tegen de jonge Marokkaan die zich totaal niet op zijn gemak voelde.

'Op jullie verzoek laat de aanklager de zaak rusten,' ging de man verder. 'Zonder aangifte wordt het voor hem een lastige bedoening.'

Ibrahim knikte gehaast. Hij was opgelucht. En woedend. Dat liet hij maar niet merken.

'Ik wil u en alle medewerkers van justitie namens mijzelf en mijn superieuren bedanken voor de medewerking.'

De politieman trok een verveeld gezicht. 'Is goed, maar laat het wel de eerste en de laatste keer zijn dat jullie zo'n stunt uithalen. Eerst wel en dan weer niet aangifte willen doen.'

'Natuurlijk,' reageerde Ibrahim meteen. Het enige wat hij wilde was zijn zaken afhandelen en daarna snel weg van dit politiebureau. Door een onbegrijpelijke beslissing had het timesharemanagement hem in deze lastige situatie gebracht. Hij was naar het politiebureau gestuurd om het af te handelen. En nu was er niet echt iets af te handelen. Ze lieten het er gewoon bij zitten! Hij had eerst alles op alles moeten zetten om het echtpaar te vinden. Dankzij zijn goede contacten op het eiland was dat na een dag gelukt. Nou ja, hij had het natuurlijk niet helemaal alleen gedaan. Maar hij had zich over zijn bijdrage best goed gevoeld. Misschien was hij wel geschikt om bij de politie te werken... Nu dacht hij daar anders over. Hij zat hier al anderhalf uur te wachten en er leek maar niets te gebeuren. Totdat Sarah naar de politie had gebeld. Ze had in overleg met alle directieleden van de andere timeshareorganisaties besloten dat het beter was als alles stil werd gehouden.

Sarah was eerst vastbesloten geweest om het echtpaar te laten boeten. Ze had meteen een onderzoek geregeld. Bij alle resorts was een waarschuwing en een persoonsbeschrijving van het echtpaar afgegeven. Toen zij in Tropical Beach Resort opdoken, was directeur Gonzalez meteen gealarmeerd. Hij en Guido Terpstra hadden het spel uitstekend gespeeld. De oplichters hadden er geen flauw idee van gehad dat ze nu zelf in de val trapten. Daarna had Sarah lang in vergadering gezeten met alle directies van de andere timeshare-organisaties. Guido had daar ook bij gezeten. Uiteindelijk was hij het die het hun sterk afraadde om er een rechtszaak van te maken. Bij het grote publiek had het timeshare-principe nog niet zo'n goede naam. Dit incident zou in hun nadeel werken. Het publiek, de massa koos bijna altijd voor de underdog; de zwakkere burgers tegen de sterke bedrijven. De pers zou een geweldig verhaal hebben: twee oudere mensen die de gehaaide toeristische bedrijven hadden opgelicht. Het moest dus eerst stilletjes, zonder zware straffen geregeld worden. Ze zouden het echtpaar nu zelf een deal voor kunnen stellen: meewerken aan goede promotie van de timeshare-organisaties of alsnog een straf uitzitten. Dat zou pas een goede stunt zijn. Sarah en de overige managers hadden in dit plan wel wat gezien.

Wat zit ik hier dan te doen? Ibrahim had het echtpaar nog best willen zien. Onbegrijpelijk dat hij hun toneelstukje had geloofd. Maar goed. Hij was niet de enige. Sarah had met zijn informatie nog meer verhalen van collega's naar boven weten te halen. Het gestolen geld was door Golden Oasis in de administratie verwerkt als gewone onkosten. Zo bleef het onzichtbaar. Ze konden niet hebben dat er negatief nieuws in de kranten kwam. Shit happens, you know.

Binnen was Carla nog een beetje verdoofd geweest. Ze had zich zo druk gemaakt. Gelukkig had Bertil zijn pillen gekregen, toen ze uit de cellen werden gelaten. Ze waren vrij! Verbaasd had ze Bertil aangekeken. Die was ook opgelucht, maar leek veel rustiger dan zij.

Nu stonden ze buiten voor het hotel. Ze waren net uit de taxi gestapt. Carla kon niet wachten tot ze haar man kon vragen wat er nou eigenlijk allemaal gebeurd was. Hoe het zover had kunnen komen. 'Waarom...' begon ze, maar Bertil onderbrak haar en nam haar bij de arm: 'Kom schat. Eerst naar binnen. Ik moet even liggen. Al die toestanden. Dat is niet goed voor mijn hart.'

Hoewel Carla gewend was de leiding te nemen, liet ze zich nu meetronen door haar man. Op hun kamer aangekomen, probeerde ze het weer. 'Zeg, wat is er nu eigenlijk gebeurd? Hebben ze ons echt vrijgelaten of is het een truc? Ik kan het niet geloven. Wat een oelewappers. En waarom keek je niet uit bij...' Haar tirade werd onderbroken door geklop op de deur.

Bertil stak waarschuwend zijn vinger op. Rustig liep hij naar de deur. Voordat hij opendeed, keek hij nog even achterom naar zijn vrouw en lachte naar haar. Ze vond dat hij maar raar deed. Wist hij iets wat zij niet wist?

In de deuropening stond Guido. 'Dag meneer Doorakker, of moet ik zeggen, Groothuis?' Beide mannen begonnen te lachen. Bertil liet Guido binnen. 'Goed,' zei Guido. 'Eind goed, al goed. Dat wil zeggen als ik nu mijn aandeel van jullie mooie potje vakantiegeld krijg.'

Carla keek hem niet-begrijpend aan.

'O, ik zie dat uw man het u nog niet verteld heeft. Ik heb geholpen om uw arrestatie te regelen en u weer vrij te krijgen. U zou beiden toch een keer gepakt worden. Dit leek ons, uw man en ik, wel een elegante oplossing om dat gevaar voor te blijven. Zo konden we de situatie ook beter controleren. Het was natuurlijk niet zonder risico, maar dat geeft je weer het gevoel dat je leeft. Nietwaar?'

Carla wist niet of ze nu ongelooflijk kwaad moest worden of moest lachen.

Bertil stapte op haar af en omhelsde haar. 'Niet boos zijn, schatje. De volgende keer doen we het weer op jouw manier.'

In de mist

Jasmijn knipperde eerst fel en kneep haar ogen daarna toe om beter zicht te krijgen. Ze hoorde water klotsen en zag alleen maar grijs om zich heen. Door de dikke mist voelde ze zich opgesloten en verloren tegelijkertijd. Ze bestreed de opkomende paniek door diep adem te halen. Ze rilde van de kou die haar lichaam binnendrong. De Middellandse Zee deinde onder het ronde, rubberen vlot waar ze op zat. Wat... Hoe...

Wat meer bij haar positieven gekomen, begon het haar te dagen hoe ze hier beland was.

Ze zouden Kerstmis dit jaar op een ongebruikelijke manier vieren. Via een kennis in Jeruzalem had haar echtgenoot Lodewijk een zeilboot kunnen bemachtigen.

Ze waren 's middags uitgevaren en hadden 's avonds onder een onmetelijke sterrenhemel de talloze lichtjes langs de kust bewonderd. Een onvergetelijke belevenis, waarmee het plastic kerstboompje en de potsierlijke kerstmutsjes in vreemd contrast stonden. Ze hadden erom moeten lachen. En dat voelde goed. Het was lang geleden dat ze samen hadden gelachen sinds Lodewijks bedrijf drie jaar daarvoor failliet was gegaan. En hoewel hij weer een baan had, had ze soms toch het gevoel dat hij het haar verweet dat het met haar zo goed ging. Hij was opeens geobsedeerd bezig geweest met zijn pensioen en hun levensverzekeringen. Maar het ging steeds beter. Het was nota bene Lodewijk geweest die voorgesteld had iets speciaals te gaan doen met kerst.

Terwijl ze op het dek aan een verlaat avondmaal waren begonnen, kwam de mist uit het niets opzetten. Van het ene op het andere moment werden ze ingesloten door een ondoordringbare, witte deken. Ze was net opgestaan om meer kracht te zetten bij het ontkurken van een fles wijn. Door een enorme klap viel ze opzij en stootte met haar hoofd tegen de reling. Voordat ze flauwviel hoorde ze Lodewijk nog ergens in de verte vloeken.

Jasmijn concentreerde zich tot het uiterste. Blijkbaar had Lodewijk haar een reddingsvest aangetrokken. Ze herinnerde zich vaag dat er aan haar lichaam was gesjord. Vlagen van woorden die ze had gehoord kwamen langzaam terug. 'Niet de bedoeling... had bijna dood... erge schade... niet terugkomen... nog zo gezegd... lijn stevig vast.'

Ineens voelde Jasmijn paniek opkomen. Ze had de lijn die het vlot met de zeilboot verbond moeten vasthouden! Maar er was geen zeilboot meer... Waar was Lodewijk? Waren ze ergens tegenaan gevaren? Het frustreerde haar dat ze zich niet precies kon herinneren wat Lodewijk had gezegd. Opeens drong de nare gedachte zich aan haar op dat Lodewijk niet terug zou komen. Of dat niet zou willen... Ze werd gek! Er moest iets met de boot zijn. En hoe lang dobberde ze al zo rond? Hoe laat was het? Ze tuurde in de grijswitte nacht. Daar! Een zwarte streep in de mist...

Opeens alert geworden, opende ze het luikje waarachter de noodvoorzieningen lagen. Water, voedsel, naald en draad... vuurpijlen. Ze aarzelde geen moment en richtte de pijlpunt schuin boven het zwarte doel. De pijl schoot weg en liet een duidelijke, rode streep in de lucht achter.

Het geluid kwam van stuurboord. Geklots van golven tegen een romp en aarzelend geklapper van een zeil dat weinig wind ving.

'Hier ben ik! Hier!' Ze ging staan en begon wild met beide armen te zwaaien. 'Hier, hier!!!'

De romp van de boot verscheen als eerste. Daarna het gezicht van Lodewijk die beide handen naar haar uitstak. Ze wilde lachen, schreeuwen en huilen tegelijk, maar de plotselinge emotie verstomde haar. Hij trok haar aan boord, waarna ze elkaar stevig vasthielden. Hij was teruggekomen!

'O, lieverd, ik heb doodsangsten over jou uitgestaan!' zei hij zenuwachtig.

Ze schrokken op uit hun omhelzing door het signaal van zijn horloge dat middernacht aangaf. Lodewijk pakte haar hand. Samen liepen ze naar de achtersteven van de vissersboot waar een man aan het roer stond.

'Hij heeft ons gered. Toen jij was weggedreven en de zeilboot onder mij vandaan zonk, dook hij zomaar vanuit de mist op.'

Jasmijn keek de man aan. Op dat moment trok het mistgordijn open en bescheen het maanlicht zijn fijne gelaatstrekken. Het halflange haar, de enigszins kromme neus, die vreemde glimlach en de blik van iemand die alles al gezien leek te hebben en alles wist...

Madonna

'Ik wil alleen gestoord worden als het belangrijk is.' Ingrid liet de knop van de intercom weer los. Meteen hoorde ze een 'oké' terug. Het kort en bondige antwoord was typisch Anne. In de drie jaar dat Ingrid op dit kantoor als general creative manager werkte, had ze Anne nog nooit op iets kunnen betrappen wat niet aan het werk gerelateerd bleek. Wat haar betrof was Anne Keller de meest stoïcijnse en adequate secretaresse ter wereld. In alles haar tegenpool, maar toch kon ze het uitstekend met haar vinden. Anne was midden veertig, al jaren getrouwd en moeder van twee kinderen. Zijzelf zou dit jaar dertig worden en liep nog rond met de scherven van drie verbroken relaties in zeven jaar tijd.

In hun schaarse gesprekken tijdens een aantal zakenreizen, was ze erachter gekomen dat Anne niet rookte, alcohol verfoeide en haar vrije tijd voornamelijk doorbracht in gymzalen in Velserhuizen en omtrek, waar haar beide dochters de eer van hun turnvereniging hooghielden. Een wereld van verschil dus met Ingrids eigen uitgaansgedrag, overmatige alcoholgebruik en sigarettenconsumptie.

Officieel was Anne secretaresse van het managementteam, dat uit drie personen bestond. In de praktijk was ze eigenlijk haar persoonlijke secretaresse. Algemeen directeur Adriaan Koetsier claimde geen secretaresse voor zichzelf. Hij observeerde zijn mensen, gaf hun ruimte om zelfstandig te opereren, greep in waar nodig en tekende tweemaal per week de papieren die Anne hem voorlegde. Op een uitzondering na bleef hun contact beperkt tot deze handelingen.

Financieel directeur Fred Alding werkte bij voorkeur met mensen uit zijn eigen team. Zijn gespecialiseerde werkzaamheden deelde hij alleen met de 'experts'. En sinds het aantreden van Jasper Verheul als personal assistant van commercieel directeur Norbert

Wolberts, werden de werkzaamheden van Anne voor deze afdeling van het bedrijf sterk gereduceerd. Verheul was de beoogde opvolger van Wolberts en liet niets aan het toeval over. Hij wierp zich op als rechterhand, secretaris en 'creatief klankbord'. Zijn enige doel was om binnen afzienbare tijd Wolberts' stoel te bezetten en hierdoor de annalen in te gaan als jongste directeur ooit van reclamebureau S&G.

Er verscheen een bericht in haar scherm dat er een e-mail van Jasper was binnengekomen. Het onderwerp was: Een goede raad. Daar had ze even geen zin in. 'Eikel,' gromde Ingrid terwijl ze internet afstruinde naar informatie over Giacomo Marone. Ze was bezig met een nieuwe opdracht, die haar misschien ook wel een nieuwe baan op zou leveren. Marone, eigenaar van het gelijknamige modeconcern uit Milaan, wilde een groot reclamebureau of marketingstrateeg voor de lancering van zijn merk in Nederland en had om een pitch gevraagd. Als ze de modeprins als cliënt binnen zouden halen, zou de honorering niet misselijk zijn, maar daarvoor moesten ze alles uit de kast halen. Ze zaten met minstens drie concurrerende firma's in de race.

Haar blik gleed over het scherm. Geen enkel onderwerp was het aanklikken waard. Terug naar de website van het bedrijf: een korte geschiedenis sinds de oprichting – waarin Marone als een halve god werd afgeschilderd –, een lijst met officiële verkoopadressen in en buiten Italië en aankondigingen van modeshows waar de laatste lijnen van Giacomo Marone op de catwalk te bewonderen zouden zijn. Ze bleef even hangen bij de foto's van Marones creaties. Hm, niet heel erg bijzonder.

Jasper zou het helemaal geweldig vinden. Glitter en glamour, haantjes en bitches, en een heleboel ego's. Wat is die Verheul toch een vreselijke vent, dacht ze.

Tijdens hun eerste kennismaking, ruim een jaar geleden, had ze hem al niet gemogen. En dat gevoel was in de loop der maanden enkel gegroeid. Hij was een uitgesproken carrièrejager, met praatjes die even glad waren als zijn zijden stropdassen en maatpakken. Toch had zij nooit kunnen vermoeden dat het tussen hen op het scherpst van de snede zou gaan. Daarvoor liepen hun professionele raakvlakken te veel uiteen. Verheul was, al wilde hij iedereen anders doen geloven, het schoothondje van Wolberts en had het daar reuzedruk mee. Haar werkzaamheden waren gevarieerder en zeker gecompliceerder. Ze pendelde continu tussen twee afdelingen. Bij het creatieve team nam ze ideeën van de anderen op, leidde discussies en stimuleerde de mensen die in feite het hart van het bedrijf vormden. Daarnaast werkte ze een groot deel van haar tijd met de collega's van marketing samen. Met hen bedacht ze op basis van de creatieve input strategieën waarmee ze het product van hun cliënt het beste in de markt konden zetten. Al met al een uitdagende, stressvolle baan, waarin ze de komende jaren haar ei wel kwijt kon. Dat had ze tenminste al die tijd gedacht, totdat ze de vorige dag een onverwacht gesprek met de algemeen directeur kreeg.

Koetsier had haar op zijn kantoor ontboden en was direct tot de kern van de zaak gekomen. Hij had geen hoge pet op van Jasper als huidige protegé en toekomstige opvolger van Wolberts. Een samenwerking met deze dandy zag hij totaal niet zitten, maar met haar daarentegen... In haar zag hij wel de juiste opvolger. Nu al presenteerde de commercieel directeur door haar gefilterde, verzamelde en aangedragen informatie aan de klant. Dat was haar kracht en die zou ze in die functie dus goed kunnen gebruiken. Wat haar ontbrak was ervaring op het commerciële vlak; het rechtstreeks verkopen van het bedrijfsproduct aan de cliënt.

Ze zou met kleine, binnenlandse opdrachten kunnen beginnen. Kruimels in de markt die Wolberts en Verheul lieten liggen. Zij concentreerden zich op grote, vaak buitenlandse opdrachten waarvan het winstpercentage hoger lag.

Ingrid had zichzelf inderdaad de eis gesteld iets extra's te brengen tijdens haar interne presentaties en omdat ze niet voor verrassingen wilde komen te staan deed ze voor elke klus gedegen research. Nadat ze hier bij de eerste opdrachten veel positieve feedback op had gekregen, was ze ermee doorgegaan. Elke keer wat fanatieker. Het kon om zowel zakelijke als persoonlijke aspecten van een klant gaan. Ze had niet verwacht dat haar werkwijze bij Koetsier zo zou opvallen en in de smaak zou vallen.

Omdat de presentatie van hun ideeën en strategieën om Giacomo Marone in de Nederlandse markt te zetten, gelijktijdig met een buitenlandse trip van Wolberts en Verheul was, zou het voor haar de uitgelezen kans zijn om naar Milaan te gaan en zich daarmee al als kandidaat voor commercieel directeur op te stellen. Wolberts had voorgesteld om Jasper naar Milaan te sturen, maar Koetsier wees dit af. Ingrid Brandsma had zijn volste vertrouwen. Enigszins verbaasd en teleurgesteld was Wolberts afgedropen. En zo was ze vandaag aan de slag gegaan om alles wat ze maar over Marone kon vinden boven tafel te krijgen.

'Marketing wil je spreken,' meldde Anne. Ingrid liet zich door haar computer afmelden – een maatregel uit voorzorg nu ze tegenwoordig in mogelijk gevoelige informatie over klanten dook – en verliet in gedachten haar kantoor. Ze was inmiddels tijdens haar zoektocht op internet toch op enkele merkwaardige zaken gestuit. Om die te verifiëren zou ze de komende dagen nog uren achter haar pc en aan de telefoon door moeten brengen. Wat ze tot nu toe had ontdekt, beviel haar allerminst.

Nadat ze in de loop van de week met marketing de details besproken had en het dossier over Marone compleet had gemaakt, was het moment van vertrek aangebroken. In het vliegtuig had ze in haar hoofd de grote lijnen van de presentatie nog eens herhaald. Zo wist ze zeker dat ze goed voorbereid was. Anne had gisteren nog keurig voldoende kopieën van hun voorstel aan Marone gemaakt en mee naar huis genomen.

Ingrid sloot even haar ogen en concentreerde zich. Ze zat met Anne in de luxe ontvangstruimte van Giacomo Marone en het was een kwestie van minuten voordat haar presentatie begon. Een medewerkster van het modeconcern had zojuist gemeld dat de directieleden waren gearriveerd.

Anne keek even onverstoorbaar als altijd voor zich uit. Ze droeg een elegant doch conservatief zwart mantelpakje en zwarte schoenen met een lage hak. Naast haar stond de koffer met daarin de stukken die ze de dag ervoor van marketing en Ingrid had gekregen. Voor Ingrid was de wat gereserveerde houding van haar secretaresse vandaag een zegen. Het laatste waaraan ze behoefte had was een verplicht sociaal praatje. Ze voerde sinds vorige week een strijd met zichzelf waar ze voorlopig nog niet uit was. De woorden 'ethisch verantwoord' bleven maar door haar hoofd spoken.

Toen de medewerkster aan hen vroeg haar te volgen, zag ze opeens het gezicht van Adriaan Koetsier voor zich. Had ze hem alsnog van haar ontdekking op de hoogte moeten brengen? Had ze haar bedenkingen niet eerst bij hem moeten toetsen?

Op het moment dat ze de directiekamer van Marone binnenstapte, viel deze last van haar af.

In levenden lijve oogde Giacomo Marone imposanter dan op de foto's die ze van hem had gezien. Hij was lang voor een Italiaan, had brede schouders, een stralende glimlach en ravenzwart haar met een streepje grijs bij zijn slapen. In zijn op maat gesneden pak van eigen fabrikaat, leek hij zeker tien jaar jonger dan hij met zijn 57 jaar in werkelijkheid was.

Aan de ovalen tafel werd hij geflankeerd door zijn twee zoons die een hoge positie binnen het familiebedrijf bekleedden. Naast deze dertigers die in hun uiterlijk veel op hun vader leken, zaten een jongeman van midden twintig die Marone voorstelde als 'zijn creatieve brein' en een man op leeftijd die de bedrijfsadvocaat bleek te zijn.

Na de gebruikelijke plichtplegingen nam Ingrid het woord. Haar inleiding was een korte opsomming van de activiteiten en successen van S&G. Tijdens deze ingestudeerde speech maakte ze oogcontact met haar toehoorders. Zo betrok ze hen meer bij haar verhaal. Ondertussen was ze in gedachten al met het volgende onderdeel van haar presentatie bezig: het toespitsen van S&G's specialiteiten op de marketing van Giacomo Marone, waarbij ze hier en daar op luchtige toon wat details over Marone wilde laten vallen. Ze twijfelde nog of ze met een kwinkslag in zou gaan op de dubbele betekenis van 'Marone'. In het Zuid-Italiaans kon het 'Madonna' en 'godverdomme' betekenen, maar wellicht waren ze dat woordgrapje al zat... Voor haar lag de nadruk van de betekenis zeker meer op de vloek dan op de vrome dame. Wat een ironie eigenlijk.

Toen ze aan het einde van de inleiding was gekomen en haar keuze voor de persoonlijke details had gemaakt, knikte ze naar Anne. Aan de hand van rapporten, schetsen, grafieken van prognoses en artist's impressions van reclamemateriaal zou ze de presentatie afwerken. Ze stak haar hand uit naar Anne om de documenten in ontvangst te nemen, maar het gezicht van Anne zei genoeg.

De secretaresse had de opengeslagen koffer voor zich staan. Haar ogen waren groot van schrik en schaamte. De rapporten in de koffer waren niet van S&G, maar van het bedrijf van haar man.

Hoe was dit mogelijk? Hoe kon de altijd punctuele Anne zo'n vergissing begaan? De meest belangrijke informatie voor de presentatie lag nog in Nederland! Nu konden ze niets van hun plannen laten zien. Beschaamd sloeg Anne haar ogen neer en mompelde: 'Dit is... dit is... vreselijk. Het spijt me enorm.'

De hele terugreis was Anne van slag. Ze was zo boos op zichzelf dat ze er geen woord uit kreeg. Ingrid had haar professionaliteit getoond door met een grapje over de blunder heen te stappen en haar verhaal alsnog te doen met zo veel mogelijk beschrijvingen van het materiaal dat marketing voor zich had willen laten spreken. Al kon het haar uiteindelijk niet zoveel schelen, merkte ze. Tijdens de presentatie was haar aversie tegen Marone toch weer gegroeid en begon haar geweten te knagen. Ze zou niet voor een bedrijf kunnen werken dat op een manier rijk was geworden waar ze eigenlijk van walgde. Ook al werkte ze bij een topreclamebureau.

Anne had zich na hun wat geforceerde afscheid van het modehuisgezelschap nogmaals uitgeput in excuses en haar waardering voor Ingrids reactie in de vergaderzaal uitgesproken. Daarna was ze stilgevallen. Ingrid verwonderde zich over het feit dat Anne de enige stomme fout in haar hele werkzame leven nu juist op dít moment had gemaakt. Ze ging ervan uit dat Anne wist dat er voor S&G veel op het spel stond. En tegelijkertijd had ze ook wel medelijden met haar. Blijkbaar hadden Anne en haar man per ongeluk die ochtend hun identieke werkkoffers verwisseld. Het had iedereen kunnen overkomen. Eigenlijk best een hilarisch verhaal om later nog eens op een feestje op te rakelen.

Hoewel het haar persoonlijk wel goed uitkwam dat Giacomo Marone nu wellicht niet voor S&G zou kiezen, begon ze zich nu wel te realiseren dat hiermee misschien ook de kans op haar baan als commercieel directeur verkeken zou zijn. Een ongemakkelijk gevoel bekroop haar. Maar ze had haar dossier nog. Koetsier zou toch niet ongevoelig zijn voor wat ze te weten was gekomen en zou het vast met haar eens zijn dat ze als gerenommeerd bedrijf toch niet een klant als Marone konden binnenhalen?

'Wat een tegenvaller,' zuchtte Anne toen het vliegtuig daalde om te gaan landen. 'Ik kan er gewoon niet over uit dat ik zo'n stommiteit heb begaan.'

Ingrid haalde haar schouders op. 'Het is vervelend, maar ook niet meer dan dat.'

Ze knikte in de richting van het raampje en het daarachter liggende polderlandschap.

'Laten we afwachten wat de directie beslist. Misschien sturen ze iemand anders die alsnog de opdracht weet binnen te slepen.'

Terwijl Anne haar starende blik weer terugkreeg, gonsden Ingrids eigen woorden nog door haar hoofd. Ze kreeg een idee. Eenmaal thuis, had ze een plan bedacht.

De seks was kort en hevig geweest. De deur was nog maar amper achter hen dichtgevallen of ze lagen al naakt op bed. Het voorspel hadden ze overgeslagen, daarvoor waren ze gewoonweg te opgewonden geweest. Toen hij in haar was gekomen, had begeerte alle beheersing overgenomen.

Jasper lag op zijn rug. Hij ademde diep in en blies langzaam uit. Een zweetdruppel liep langs zijn ribbenkast.

'Dat was geweldig. Eigenlijk is het hele leven fantastisch,' zei hij nog een beetje buiten adem.

'Ging het dan zó goed?' vroeg Anne.

'Een zegetocht.' Hij glimlachte arrogant. 'Ik kwam, zag en overwon. Vanaf de eerste seconde heb ik die Italianen ingepakt.' Zijn hand gleed over haar buik naar haar borsten. Zijn vingertoppen streelden haar tepels. Een rilling trok over zijn rug. Hij hield van rijpere vrouwen. Vanaf zijn jeugd voelde hij zich al seksueel aangetrokken tot vrouwen die minstens tien jaar ouder waren. Hun volwassen uitstraling en levenservaring vond hij veel aantrekkelijker dan de jongere vrouwen die met hun trendy kledingstijl en sportschoollijven hun onzekerheid en zelfbewustheid overschreeuwden. 'Zonder jouw meesterlijke toneelspel was het een stuk lastiger geworden.' De woorden klonken vleiend, maar niet helemaal gemeend. Hij had het uiteindelijk toch allemaal aan zijn eigen intelligente en sterke optreden te danken.

Anne knikte, alsof het niet helemaal tot haar doordrong. Bedachtzaam zei ze: 'Toch heb ik wel met Ingrid te doen. Ze is een aardige meid.'

Verheul klakte ontstemd met zijn tong.

'Schei toch uit. Een kreng is het. Die arrogante oogopslag van haar toen ze me die USB-stick overhandigde waarop informatie stond over Marone. Niet te geloven. Die trut wil nog steeds niet inzien dat ze hopeloos heeft gefaald!'

'Wat stond er op die stick?' vroeg Anne.

Zijn hand gleed naar beneden. 'Allemaal onzin,' antwoordde hij hees. 'Verwijzingen naar internetsites over het concern, verkoopadressen, distributiekanalen, diverse labels en meer van dat soort onnodige informatie. Dikdoenerij waarmee ze bij Koetsier een wit voetje wilde halen.'

Met een hoge stem deed hij een slechte imitatie van Ingrid. 'Kijk eens wat een diepgaande research ik doe, Adriaan.' Hij lachte schor. 'Nou, al dat slijmen en harde werken heeft haar geen zier geholpen. Morgenochtend word ik samen met Wolberts verwacht op kantoor bij Koetsier. Het moet wel heel raar lopen als hij dat niet doet om me te feliciteren met mijn nieuwe functie als commercieel directeur.'

Anne luisterde maar half naar wat hij zei. Ze was ervan overtuigd dat hij het zou worden en dat maakte hem alleen maar begeerlijker. Hij was de minnaar die haar datgene gaf waartoe haar echtgenoot al jarenlang niet meer in staat was. Wroeging over deze verhouding had ze allang niet meer. Het gevoel dat ze nu echt leefde was haar zo dierbaar geworden dat ze er alles aan zou doen om dit te behouden.

Adriaan Koetsier knikte het viertal dat in zijn kantoor had plaatsgenomen kort toe. 'Nadat Giacomo Marone ons had laten weten dat het concern akkoord ging met de door S&G gestelde voorstellen en voorwaarden, heb ik contact opgenomen met onze eigenaren: de heren Scholtens en Groen. Er is besloten dat wij ons uit deze opdracht terugtrekken. Hoewel wij de kans miniem achten dat Giacomo Marone verdere stappen onderneemt, werkt de juridische afdeling aan een eventuele schadeclaim die we van de Italianen zouden kunnen verwachten.'

Jasper vergat in één klap waarom hij zich zo had verbaasd over de aanwezigheid van Anne en Ingrid. Deze verklaring van Koetsier sloeg alles. Hij veerde op van zijn stoel.

'Wát zeg je? Ik heb die deal rondgemaakt!'

Koetsier keek hem geringschattend aan. 'Jij hebt helemaal niets rond te maken.' Hierna wendde hij zich tot Anne. 'S&G geeft je de kans om met ongeschonden blazoen het bedrijf te verlaten. Tijdens deze onverkwikkelijke zaak ben je vreselijk in de fout gegaan. In de afgelopen jaren heb je echter uitstekend werk voor het bedrijf verricht. Gekoppeld aan het vermoeden dat je bent gebruikt, hebben wij besloten je staat van dienst zwaarder te laten wegen dan je misstap. Neem je ontslag, zoek ander werk en wij laten deze zaak verder rusten.'

Annes gezicht, dat anders zo neutraal was, kreeg een verwrongen uitdrukking. Ze werd een beetje bleek. Zonder dat hij het uitgesproken had, wist ze precies waaraan Koetsier refereerde. Ze stond op en verliet het kantoor. Koetsier richtte zich nu tot Verheul. 'Van jouw methodes draait mijn maag om. Het is een geluk voor je dat de eigenaren hier een streep onder willen zetten. Als het aan mij had gelegen, was er een budget uitgetrokken om je persoonlijk aansprakelijk te stellen en financieel uit te kleden.'

Jasper wist dat zijn relatie met Anne was ontdekt. Daaruit was geconcludeerd dat het gebeuren met het verkeerde koffertje een truc was geweest om dat kreng van een Brandsma een hak te zetten. Waarschijnlijk had Anne gisteren of vanmorgen vroeg al bekend. Dit nam echter niet weg dat hij een geweldige deal had gesloten. Dat woog toch veel zwaarder voor het bedrijf? Was het juist niet een teken van zijn professionaliteit dat hij alles voor het bedrijf overhad? Hij had willen zeggen dat hij niet Brandsma, maar de concurrentie hiermee de pas af had willen snijden. Al was dat niet waar. Hij opende zijn mond voor een weerwoord, maar het werd hem niet gegund.

'Je bent een schoft, Jasper. Ik heb er geen ander woord voor,' ging Koetsier verder. 'Zoals je Anne voor je karretje hebt gespannen om Ingrid buitenspel te zetten, dat slaat alles. Toch is het niet de enige reden waarom je op staande voet bent ontslagen.'

Jasper fronste zijn wenkbrauwen.

'Op mijn verzoek heeft Ingrid al haar documentatie overgedragen. Daarbij zat de usb-stick met de informatie over de activiteiten van Giacomo Marone. Met deze informatie heb je niets gedaan.'

Verheul hief zijn armen in verontwaardiging op. Hij zag nog steeds niet in wat daar nou zo bijzonder aan was. 'Lulverhalen over winkelketens, distributiekanalen en aanverwante labels,' sneerde hij.

Koetsier grijnsde minachtend. 'Met dit antwoord geef je aan wat een incompetente vent je bent. Als je verder had gekeken dan je neus lang was, had je gezien dat er een aantal links waren toegevoegd. Als je die links had gecheckt, was je bij een aantal organisaties uitgekomen die tegen kinderarbeid strijden en die lijsten bijhouden van bedrijven die zich er schuldig aan maken.'

De zelfvoldaanheid gleed van Verheuls gezicht.

Koetsier zag het gebeuren en knikte als een rechter die een terechte veroordeling had uitgesproken. 'Inderdaad, Jasper. Een substantieel gedeelte van Giacomo Marones kledinglijnen wordt gefabriceerd door kinderhanden. In India en Bangladesh zitten de hoofdleveranciers die misbruik maken van deze verderfelijke handel en die via dochterbedrijven en obscure holdings hun kleding naar Europa laten transporteren. S&G wil onder geen beding met een dergelijke handel worden geassocieerd.'

Met een van woede vertrokken gezicht kwam Verheul overeind. Hij wierp Ingrid een dodelijke blik toe en verliet het kantoor.

Norbert Wolberts schudde beschaamd zijn hoofd.

'Wat heb ik die jongen verkeerd ingeschat,' fluisterde hij. 'Ik neem mijn verantwoording, Adriaan. Stel maar een ad interim voor mijn functie aan.'

Koetsier trommelde met zijn vingers op het bureau. 'Daar komt niets van in, Norbert. Ik heb jou in deze zaak bewust in de schaduw gezet en Jasper als "eerste" man naar Milaan gestuurd. Jouw laatste klus in dit bedrijf wordt het inwerken van een bekwame opvolger.' Hij knikte in de richting van Ingrid. 'Daar zit ze.'

'Toch vind ik het lullig voor Anne,' zei Ingrid nadat Wolberts zichtbaar opgelucht was vertrokken.

'Waar gehakt wordt vallen spaanders,' antwoordde Koetsier. 'Ik geef toe dat ze onder invloed van die etter stond. Aan de andere kant wist ze donders goed waar ze mee bezig was. Ze is niet van gisteren en heeft het risico genomen.'

Ingrid knikte traag. Ze dacht terug aan het moment in het vliegtuig dat het plannetje zomaar bij haar was opgekomen. Toen had ze nog geen idee gehad dat Anne bij een vies spelletje was betrokken. Nadat ze haar relaas bij Koetsier had gedaan, kwam hij met een opmerkelijk verhaal. Een goede kennis van hem had tijdens een feestje gekscherend gevraagd 'of die strenge secretaresse van hem soms op jonge jochies viel'. Hij had haar namelijk gezien met een duidelijk jongere man dan zij toen ze een hotel binnengingen. Koetsier had hem verbouwereerd aangekeken en was vragen gaan stellen. Aan het eind van de avond wist hij genoeg.

Koetsier onderbrak haar overpeinzing. 'Die idioot dacht echt dat hij de deal van zijn leven had gesloten.'

'Tja,' antwoordde Ingrid. 'Ik betwijfel of hij langer dan tien minuten naar het aangereikte materiaal heeft gekeken.'

'Precies zoals je het van tevoren had ingeschat.' Hij gebaarde naar de dossiers die op zijn bureau lagen. 'Neem vandaag maar vrijaf, aankomend commercieel directeur. Ik knap het werk wel weer op.'

Ze beantwoordde zijn brede grijns en stond op.

'Heb je nog een sublieme oneliner waarmee je deze zaak kunt definiëren?'

Ingrid deed of ze diep nadacht en zei: 'Boontje komt om zijn loontje?'

Koetsier draaide theatraal met zijn ogen. 'Teken alsjeblieft bij de concurrentie. Dan weet ik zeker dat de klanten daar gillend weglopen.'

'Is "een goede voorbereiding is het halve werk" misschien iets?' zei ze lachend.

Koetsier sloeg beide handen voor zijn gezicht. 'Neem je kleuterwijsheden mee en verdwijn voordat ik me bedenk. Ga je nieuwe baan maar vieren. Drink een glas of ga je welverdiende geld uitgeven met winkelen of zo.'

Ingrid gaf hem een knipoog en vertrok. Eenmaal op de gang dacht ze dat shoppen niet eens zo'n slecht idee was. Waarop ze zichzelf zou trakteren wist ze nog niet, maar bij welke kledingmerken ze ver uit de buurt moest blijven zou ze niet gauw vergeten.

Een vluchtig gebaar

Sander en Rachel Dorsman slenterden de wachtruimte van gate D18 binnen. Het was er druk. Tientallen reizigers steunden lusteloos tegen de grote ramen terwijl groepjes kinderen met een verwachtingsvolle blik langs de rijen van wachtenden banjerden. In hun ogen was de vakantie al begonnen. Een bedompte wachtruimte op Schiphol vol mensen was voor hen ook al amusement.

In zijn linkerooghoek zag Sander twee tieners van hun stoel opstaan en weglopen. Blijkbaar konden ze hun jeugdige energie niet kwijt, want ze liepen op een drafje naar de grote ramen en begonnen daar met drukke gebaren met elkaar te discussiëren. Uit beleefdheid wachtte Sander even. Toen niemand aanstalten maakte om te gaan zitten, liep hij samen met Rachel naar de vrije stoeltjes en nam plaats. Dat gaat lekker, dacht hij. Geen files op weg naar het vliegveld, snel door de douane, een vlucht met slechts twintig minuten vertraging en een zitplaats in de wachtruimte. Heerlijk.

Omdat hij zich bij binnenkomst had gefocust op twee zitplaatsen, trok de man die schuin links tegenover hem zat nu pas zijn aandacht. In tegenstelling tot het merendeel van de reizigers was hij luidruchtig en zichtbaar aanwezig. Hij droeg een donkerblauw kostuum met daaronder een beige overhemd en een bordeauxrode stropdas. Zijn gouden brilmontuur en de met briljanten ingezette ringen die hij om beide pinken droeg, waren erg opzichtig. The Return of the Godfather, dacht Sander. Omgeving Zoetermeer of zo.

'Dus ik zeg tegen Chris: "Jongen, kies nou voor Spyker. Dat is een ideale opstap naar een groot fabrieksteam."'

De man hief zijn wijsvinger op. 'Een paar weken geleden kwam ik hem tegen en toen zei hij: "Nog bedankt voor uw advies, oom Henk. In dit team zit inderdaad potentie."'

Hij schudde theatraal met zijn hoofd. 'Sommige mensen mogen

hem een kakkertje uit het Gooi vinden, oké, daar kan ik me iets bij voorstellen. Niemand kan echter ontkennen dat Chris goed kan racen en een beleefde gast is.'

Sander hield zijn gezicht in de plooi. Hij was een liefhebber van formule 1, dus hij wist waar het gesprek over ging. Maar hij nam deze Henk nauwelijks serieus. Dat gold overigens niet voor een tiental toehoorders die ademloos luisterden. Ze leken aan Henks lippen te hangen.

'Over beleefd gesproken,' ging Henk verder. 'Daar hebben ze bij Ajax weinig kaas van gegeten. Mijn god nog aan toe, wat lopen er bij die club een stelletje oliebollen rond, zeg. En dan heb ik het natuurlijk over de vipboxhelden. De champagne- en kaviaarjongens.'

Hij maakte een wegwerpgebaar waaruit ergernis sprak.

'Verleden jaar leek het mij wel een aardig idee om een vipbox in de ArenA te huren. Elke twee weken met relaties of personeel een wedstrijdje van Ajax bezoeken. Hapje, drankje, lekker potje voetbal. Vindt iedereen leuk, nietwaar? En wat kost het nou helemaal? Twee, drie tonnetjes op jaarbasis?'

Het geringschattende in de wijze waarop hij beide schouders ophaalde, suggereerde dat hij zo'n bedrag op elk gewenst moment uit zijn achterzak trok.

'Ik ben van een koude kermis thuisgekomen,' verzuchtte hij. 'Een bewakingsregime waarvan Willem Holleeder nerveus wordt, slechte, ongeïnteresseerde bediening en een uitzicht van likmevestje vanwege de smurrie op de ramen. Als klap op de vuurpijl was er na afloop de borrel in de ontvangstruimte. Dat voelde eerder aan als een klap voor je bek, want dat circus draaide enkel om de grote sponsoren. Wij werden daar met de nek aangekeken.'

Een man met een zwaar Rotterdams accent zei: 'Dat 020-volk heeft het altijd al hoog in de bol gehad,' waarop Henk ontkennend met zijn hoofd schudde.

'Het gaat hier juist niet over Amsterdammers, dat zijn gezellige mensen. De provinciaaltjes met veel geld die er zonodig bij willen horen zijn de boosdoeners. Die verstieren na afloop van de wedstrijd de sfeer.'

Hij maakte een weids gebaar met beide handen.

'Een dag nadat ik de vipbox had opgezegd, belde Sjaak Swart me op. Of ik er nog een nachtje over wilde slapen. En als ik besloot om te blijven, zou hij de eerstkomende thuiswedstrijd in onze vipbox doorbrengen. Dat zegt genoeg, lijkt me.'

Het duurde even voordat het tot Sander doordrong wat Henk eigenlijk allemaal had gezegd en beweerd. In stilte constateerde hij dat de man in korte tijd veel onzin uit had zitten kramen. Gezien de gezichtsuitdrukking van een aantal omstanders, was hij niet de enige die er zo over dacht.

Toch had Henk aan zijn optreden ook fans overgehouden. Zij keken hem met een blik aan die leek op een adorerende staar. Behalve de vrouw die naast Henk zat. Gedurende zijn onemanshow had zij met haar buurvrouw gesproken. Nu Henk haar introduceerde als 'Gerda, voor intimi mevrouw Henk' draaide zij zich abrupt om en schonk hem een vertederende glimlach die contrasteerde met de kille blik in haar groene ogen. Een blikken stem van een stewardess kondigde aan dat de passagiers voor de vlucht naar Mallorca in konden stappen. Sander schonk verder geen aandacht meer aan de merkwaardige oogopslag van Henks vrouw. Hij tikte met zijn wijsvinger op de pagina van het boek waarin Rachel verdiept was.

'Kom op, schat. We moeten instappen.' In gedachten voegde hij daar 'ver weg van Henk' aan toe.

Rij 23 stoel A bleek een plek naast het raam te zijn. Sander grijnsde toen Rachel ontdekte dat zij stoel B had en gemaakt beteuterd keek.

'Ruilen?' stelde hij grootmoedig voor. Zijn vrouw schudde onmiddellijk van nee.

'Maakt mij niets uit. Ik ga toch een boek lezen, geniet jij maar van het uitzicht.'

Sander nam plaats en keek direct naar buiten. Het was gaan regenen. Werklui op de platforms hadden de capuchon van hun oranje jacks over hun hoofd getrokken. Hij had zonovergoten stranden en wuivende palmen in het vooruitzicht. Adieu, Nederland. De binnenpret over het achterlaten van een druilerige thuishaven en aankomen op Mallorca verdween toen een man in een donkerblauw kostuum slechts twee rijen voor hen plaatsnam. Henk was back. Met in zijn kielzog zijn vrouw, met die merkwaardige blik in haar ogen. Laat hem alsjeblieft zijn waffel houden, smeekte Sander in stilte.

Nadat het toestel was opgestegen, bleek Henks conference in de wachtruimte op het vliegveld slechts een opwarmertje voor een wervelende show die bijna twee uur in beslag zou nemen. Hij vertelde zijn publiek over vistrips in Australië, waar hij samen met programmamaker en vislegende Rex Hunt menig marlijn aan de haak sloeg. Om zijn verhaal te illustreren stond hij op en boog een paar maal voorover. Hiermee gaf hij zijn medepassagiers een idee van hoe zwaar deze manier van vissen was. Tussen het inhalen en vieren van zijn imaginaire lijn bralde hij teksten als: 'Dat is een recordvis, Henk' en 'Hij geeft flink partij, Rexie'.

Na zijn visavontuur in Down Under belandde Henk in Rusland, waar hij, 'voor veel muntjes' met de plaatselijke maffia op beren jaagde. Af en toe sloeg hij, hard om zichzelf lachend, een andere passagier op de schouder of prikte diegene in de borst om te laten zien hoe hij z'n mannetje had gestaan. Sander was gedwongen om het gezwets aan te horen. Zijn iPod zat in zijn handbagage en die lag schuin boven hem in het daarvoor bestemde vak. Hoewel oordopjes en het volume op tien de enige optie leken om Henks gebazel te overstemmen, kon hij het niet over zijn hart verkrijgen om op te staan. Rachel was boven haar boek in slaap gedommeld. Datzelfde gold voor een oudere dame die naast haar zat.

Om Henks gewauwel niet te hoeven horen, drukte hij zijn rechteroor tegen het raam en legde de palm van zijn linkerhand op zijn linkeroor. Hij zakte een beetje onderuit, waardoor het leek alsof zijn linkerhand ondersteuning bood. Hij wilde tegenover zijn medepassagiers niet als een volslagen idioot overkomen.

Nu zijn bovenlijf wat gezakt was, keek hij precies tussen twee stoelen door. Gerda, 'mevrouw Henk voor intimi', stond te praten met een blondine. Deze jonge vrouw had een baby op haar schoot en voerde de kleine uit een flesje. Naast haar zat een man die wel naar Henks verhalen luisterde. Sander ging er gemakshalve vanuit dat het de echtgenoot van de blondine betrof. Het viel hem op dat Gerda vaak de baby aaide.

'... samen met wat vastgoedjongens... Dubai... leuk eilandje gekocht...'

Terwijl flarden van Henks snoeverij tot hem doordrongen, zag Sander hoe Gerda nu aanpapte met een dame op leeftijd, vier rijen verderop. Haar man behoorde tot de clan die Henks verhalen als zoetekoek slikte. Met zijn hoofd een kwartslag gedraaid, luisterde hij naar een verslag van Henks avonturen tussen en met de Arabieren. Op zijn gezicht lag een gelukzalige glimlach.

Weer dat lichamelijke contact, dacht Sander toen Gerda heel amicaal haar hand op de linkerschouder van de vrouw legde. Een gebaar dat suggereerde dat ze al jarenlang vriendinnen waren. Dat begint te lijken op... Nee, niet aan denken, ik ben op vakantie.

Op het moment dat hij beide ogen sloot, meldde de stewardess dat ze zouden gaan landen. Hij schudde Rachel voorzichtig wakker. Met een slaperige blik keek ze hem aan.

'We gaan landen, pop,' was zijn antwoord op de vraag die zij net wilde gaan stellen. Vanuit zijn rechterooghoek zag hij hoe het orakel Henk ging zitten en Gerda nog een streling aan een donkerharige vrouw gaf.

Je ziet spoken, maakte Sander Dorsman zichzelf nogmaals wijs. Mallorca, here we come!

Een halfuur nadat ze het vliegtuig hadden verlaten, rolden de eerste koffers van de band. Ditmaal had Sander zijn voorzorgsmaatregelen getroffen. Hij had eerst gekeken waar Henk en cohorten zich ophielden en was daar twintig meter vandaan gaan staan. De lopende band was een prima buffer tussen hem en het volk dat zich rond Henk had geschaard. Henk zelf was voor zijn doen rustig. Hij maakte een paar kwinkslagen, maar hield toch vooral de koffers die langskwamen in de gaten. Zijn vrouw Gerda was al volop afscheid aan het nemen. Ze omhelsde iedereen die Henk een warm hart toedroeg.

Op hetzelfde ogenblik gebeurden er twee dingen die Sanders aandacht trokken. Zijn koffer kwam in zicht en Gerda maakte tijdens een omhelzing met haar linkerhand een gebaar dat hij dacht te herkennen. Omdat hij op het vliegveld van Mallorca stond, in plaats van in hartje Den Haag, aarzelde hij enkele seconden. Beroepsdeformatie. Ik ben overwerkt. 'Schiet eens op, joh,' spoorde Rachel hem aan. 'Dadelijk gaat die koffer nog voorbij!'

Sander stapte naar voren en wist zijn koffer nog net op tijd te bereiken. Toen hij deze naast Rachel had gedeponeerd, zag hij hoe Henk zijn tweede koffer op een karretje gooide en meteen begon te duwen. Gerda ging op een drafje achter haar echtgenoot aan.

In het vliegtuig had Henk al aangegeven dat hij nooit met de bus ging en geen enkele reden kon bedenken om vandaag van deze regel af te wijken. Hij zou met 'mevrouw Henk' lekker de taxi nemen. Toen ze dertig meter bij de lopende band vandaan waren, draaide Henk zich nog eenmaal om.

'Busje komt zo,' galmde hij naar de wachtenden. Aansluitend maakte hij met zijn rechterarm een pompend gebaar.

'Toet tooooeeeet!'

Daarna verdween het opmerkelijke echtpaar via de uitgang van het vliegveld in de richting van de taxistandplaats.

Sander en Rachel stonden anderhalf uur later voor de receptie van hotel Tropical Beach. In totaal waren er twaalf mensen bij deze bestemming uit de bus gestapt. Twee echtparen hadden als eerste hun koffers van de chauffeur gekregen en stonden vooraan bij de balie. Nog vijf minuten voordat wij aan de beurt zijn, schatte Sander in. Dan kon het grote luieren echt beginnen...

'Hoe bedoel je, kwijt?!' De felle stem van een jonge vrouw doorbrak zijn aangename trance. Evenals Rachel draaide hij zich om en zag hoe de blondine haar man met een felle blik aankeek. Op haar rechterarm droeg ze een baby.

'Ik begrijp er geen zak van,' sputterde de man tegen. Hij klopte met beide handen op zijn korte, leren jack. 'In het vliegtuig had ik 'm nog.'

De blauwe ogen van zijn vrouw spuugden nu vuur. 'Hoe kun je nou je portefeuille verliezen, lul. Dat is verdomme het belangrijkste wat er is. Daar zitten al onze papieren en geld in!' Haar Utrechtse accent werd steeds sterker.

Sander hoorde hoe de receptionist de mensen voor hem een prettige vakantie wenste. Hij draaide zich om en deed twee stappen vooruit. Rachel keek hem verbaasd aan en siste tussen haar tanden door: 'Moet jij die mensen niet helpen? Een advies geven, of zo?'

Hij haalde de benodigde papieren uit zijn binnenzak en legde die op de balie. Daarna draaide hij zich een kwartslag naar rechts en griste Rachels paspoort uit haar linkerhand.

'Ik heb vakantie, weet je nog wel?' fluisterde hij snel. 'Trouwens, de mensen hier hebben al zo vaak met dat bijltje gehakt, die weten precies hoe het werkt. Daar ga ik me dus echt niet in mengen.'

Sander legde Rachels paspoort naast de overige papieren en beantwoordde de vriendelijke glimlach van de receptionist met een kort knikje. Zich afvragend of hij niet egoïstisch bezig was.

Hand in hand liepen Sander en Rachel over de boulevard van El Arenal, de Nederlandse enclave op Mallorca. Ze hadden de hele dag aan de rand van het zwembad gelegen en strekten op aandringen van Rachel voor het avondeten nog even hun benen.

'Wat een oase van rust,' sprak Sander met een cynische ondertoon terwijl hij naar het brede zandstrand keek waar hele volksstammen na een dag bakken in de zon hun boeltje bij elkaar pakten.

'Toch gaan we daar morgen heen,' reageerde Rachel kortaf. Als ze haar man zijn zin zou geven, lagen ze twee weken lang naast het zwembad, wist ze. En de helft van die tijd bracht hij ook nog eens slapend door! Thuis, achter de reisbrochure, hadden ze de afspraak gemaakt om hun vakantietijd eerlijk te verdelen; de ene dag bij het zwembad en de volgende dag op het strand. Rachel was vastbesloten om Sander aan deze afspraak te houden.

Sander keek ongemakkelijk. 'Al die gemene zandkorrels tussen je...'

'Hallo mensen, hoe is het ermee?!'

Ze hielden hun pas in en draaiden zich gelijktijdig om. Een echtpaar van rond de dertig zwaaide vrolijk naar hen.

'Wij zaten bij jullie in het vliegtuig,' zei de man. Zijn vrouw knikte bevestigend.

'Vier rijen voor die vreselijke man,' voegde ze er uit de grond van haar hart aan toe.

Geen fans van Henk, dacht Sander. Hij zou het tweetal nooit als medereizigers hebben herkend.

'Wij zitten in Hotel Orion,' zei de man. 'Klassehut, alleen jammer van die zakkenrollers.'

Rachel fronste haar wenkbrauwen. 'Hoe bedoel je?'

De vrouw tegenover haar schudde weemoedig haar hoofd. 'Gisteren is een ouder echtpaar van hun portefeuille beroofd. Alles zat erin: geld, creditcards, paspoorten... Hele vakantie naar de mallemoer.'

'Weet je zeker dat die mensen in het hotel zijn beroofd?' wilde Sander direct weten.

De man haalde nonchalant zijn schouders op. 'Nou... euh... dat neem ik wel aan. Omdat wij gisteren als eerste bij de receptie van het hotel stonden, hoorden wij het pas tijdens het avondeten. Van mensen die naast die oudjes in de rij hadden gestaan.'

Rachel zuchtte. 'Bij ons in het hotel...'

'Begint het diner exact om zes uur,' zei Sander snel. Hij pakte zijn vrouw bij haar hand.

'Wij moeten er nu dus echt vandoor. Leuk om jullie gesproken te hebben. Nog een fijne vakantie.'

Na vijftig meter keek Rachel hem met een verwijtende blik aan. 'Laat me eens raden,' sprak ze met een stem waarvan het cynisme afdroop. 'Jij bent op vakantie en wat er verder om je heen gebeurt, interesseert je geen donder.'

De hele weg naar het hotel hield Sander wijselijk zijn mond.

Rachel had hem verbaasd aangekeken toen hij drie dagen later voorstelde een auto te huren om iets van de omgeving te bekijken. Normaliter beperkte Sanders sightseeing zich gedurende een vakantie tot zijn gekoesterde 'gouden driehoek': zwembad, eetzaal en hotelkamer. Ze stemde daarom onmiddellijk in met zijn ongewone voorstel.

In plaats van rondlummelen bij het zwembad of liggen op het strand, waren ze er met een huurauto op uitgetrokken. 's Morgens langs de kust van Mallorca, 's middags de binnenstad van Palma de Mallorca in.

Ze waren al twee uur aan het slenteren, toen Sander opeens stil bleef staan. Vanachter de glazen van zijn zonnebril keek hij haar doordringend aan. 'Loop met me mee en reageer nergens op. Wat er ook gebeurt, niets zeggen, oké?'

Voordat Rachel de kans kreeg om te reageren, pakte hij haar linkerhand en ze staken de straat over.

Plotseling liet Sander haar hand los en stak beide armen in de lucht. Op zijn gezicht verscheen een uitgelaten uitdrukking. Met grote stappen liep hij naar een echtpaar toe dat in de mensenstroom meehobbelde.

'Hé, Henk. Wat geweldig om jou hier te zien!' Zonder een reactie af te wachten, omhelsde hij de man en klopte hem enkele malen vriendschappelijk op zijn rug.

'God, wat heb ik in het vliegtuig om je gelachen, man,' ging hij op enthousiaste toon verder. 'Ik verheug me al op de terugreis.' Hij liet Henk los en liep door.

'Prettige vakantie!'

Vijf meter verder, sloeg hij zijn rechterarm om Rachels schouder en schoot samen met haar een zijstraatje in. Hij verhoogde het beentempo. Nadat ze half rennend drie straten achter zich hadden gelaten, en Sander nog eens achterom had gekeken, ging hij weer over op een wandelpas.

'Ik wil dat jij me nu vertelt wat hier in godsnaam aan de hand is!' De toon waarop Rachel sprak liet niets te raden over. 'Dat waren toch...'

'Henk en zijn lieftallige vrouw Gerda,' interrumpeerde Sander haar. 'Mevrouw Henk voor intimi,' liet hij er smalend op volgen. 'Ik vertrouw die twee voor geen meter.'

Omdat er een vraag op haar lippen brandde, ontging deze laatste zin Rachel grotendeels.

'Het is dat jij direct zijn naam noemde, anders had ik hem nooit herkend. Haar ook niet, ze leek in niets op die lijzige muis in het vliegtuig.'

Sander knikte. 'Dat is een onderdeel van hun act. Eenmaal op Mallorca verandert geweldenaar Henk in een burgerlul die een beige overhemd, ziekenfondsbril, korte broek en sandalen draagt. Sloofje Gerda ontpopt zich ineens tot een afgeleefde temeier, compleet met korte rok, hoge hakken, lagen make-up en een blonde pruik. Niemand die hen associeert met Henk en Gerda. De metamorfose is compleet.'

Om Rachel geen kans te geven vragen te stellen, ging hij meteen verder. 'Henk en Gerda zijn oplichters, dieven. Ik heb het zo vaak gezien. In een zo kort mogelijk tijdsbestek roven ze hun buit bijeen. In tegenstelling tot andere zakkenrollers, gaan zij zeer selectief te werk. Voordat ze op rooftocht gaan, studeren ze eerst een act in. Gedurende zijn optreden selecteert het publiek zichzelf. Aangezien hij bewust met veel poeha tegenstrijdige verhalen oreert, blijven de goedgelovigen over. Zij zijn het doelwit van serpent Gerda. Zij maakt kennis, kijkt tijdens de korte gesprekjes waar de portefeuilles zich bevinden en slaat tijdens het afscheid nemen op de luchthaven onverbiddelijk toe.'

Rachel knikte. 'En ze is wel zo slim om slachtoffers te maken die in verschillende hotels zitten. Anders zou het opvallen.'

'Precies,' beaamde Sander. 'Eenmaal op Mallorca veranderen ze hun uiterlijk. Ze hebben via internet een enkele reis geboekt en huren ter plekke een kamer. Bij voorkeur ver van de toeristische bastions vandaan. Ze checken hun buit en trekken via creditcards rekeningen leeg. Daarna pakken ze de boot naar het vasteland van Spanje en verdwijnen met de noorderzon. Tijdens de terugtocht naar Nederland volgen vaak nog meer oplichtingspraktijken. Ter afsluiting van hun trip verkopen ze de gestolen identiteitspapieren in het illegale circuit.'

Rachel keek hem vragend aan.

'Wist jij dat ze hier in de buurt zaten?'

Sander schudde ontkennend zijn hoofd.

'Puur geluk. Het was logisch dat ze niet in de toeristische massa op wilden gaan, maar dat we ze ook daadwerkelijk tegen het lijf zouden lopen... Inmiddels zullen ze er wel achter zijn gekomen dat de bedrieger is bedrogen.' Hij maakte een korte beweging met zijn linkerarm. Vanuit de mouw van zijn jack gleed een zwarte portefeuille in zijn handpalm. 'Paspoort en creditcards op naam van Jan van der Velde. Op deze foto lijkt hij sprekend op Henk.' Hij grijnsde vilein.

'Onze Janneman heeft het een en ander uit te leggen.'

Jan van der Velde keek voor de zoveelste maal op zijn horloge. Nadat hij aangifte van zijn verdwenen portefeuille met inhoud had gedaan, nam de dienstdoende politieagent hem mee naar een spartaans aandoend hok waar slechts vier stoelen en een tafel stonden. Het was inmiddels drie kwartier geleden dat hij hier had plaatsgenomen. Op het moment dat hij op wilde staan om poolshoogte te gaan nemen, en te klagen dat ze behandeld werden als criminelen in plaats van slachtoffers werd de deur geopend. Sander Dorsman stapte naar binnen en ging tegenover Jan van der Velde alias Henk zitten.

'Wat een toeval dat wij elkaar hier weer zien, Henk,' sprak hij met een brede glimlach. 'Gisterenavond kwam ik erachter dat op onverklaarbare wijze jouw portefeuille in mijn binnenzak was beland. Ik ben natuurlijk meteen naar het politiebureau gegaan om hem daar af te geven.'

Jan van der Velde glimlachte schaapachtig. Hij voelde zich uitermate opgelaten, maar wilde dit absoluut niet laten merken.

'Drie kwartier geleden werd ik door de politie gebeld,' ging Sander op dezelfde joviale toon verder. 'Aangezien ik ze gisteren had verteld dat ik een paar woorden Spaans sprak, vroegen ze of ik als tolk op wilde treden.'

Hij maakte een weids gebaar met beide armen. 'Geen probleem, zei ik. Henk is een moordgozer die ik met alle liefde wil bijstaan.'

Jan van der Velde kreeg het zichtbaar benauwd. Hij ademde zwaarder, terwijl het puntje van zijn tong nerveus zijn lippen likte.

'Bijstaan?' stamelde hij.

Sander haalde nonchalant zijn schouders op. 'Tja, dat weet ik niet precies, Henk. Zo goed is mijn Spaans nou ook weer niet. Wat ik eruit begreep, willen ze wat weten over gestolen identiteitsbewijzen en bepaalde geldopnames bij cashmachines hier in de buurt.' Hij trok een verveeld gezicht. 'Zal ongetwijfeld op een misverstand berusten.'

Wederom ging de deur open. Twee rechercheurs in burger kwamen binnen en namen plaats tegenover Jan van der Velde.

'Ah, de cavalerie is binnen,' zei Sander en gaf Jan een knipoog. Sander tikte met zijn vingers tegen zijn hoofd. 'Jeetje, wat onbeleefd van me.' Hij stak zijn hand uit naar Jan en Gerda. 'Ben helemaal vergeten me voor te stellen. Mijn naam is Sander Dorsman. Brigadier bij bureau Haaglanden, afdeling diefstal.'

Jan van der Velde hapte naar adem en liep rood aan.

De scheiding

'Wij trekken ons terug in de salon en willen niet gestoord worden, Jenna.'

'Yes, sir.' De huishoudster knikte Landon Camus toe en begon met het afruimen van het dessert. Ze liep tegen de zestig en werkte al veertig jaar voor de familie Camus. In al die jaren had ze voldoende gezien en gehoord om er moeiteloos een vuistdikke roman mee te vullen. Al zou dit nooit gebeuren, want wat er op het landgoed werd gezegd, bleef op het landgoed. Een ongeschreven regel die haar ouders haar met de paplepel hadden ingegoten. Louisiana was volgens haar ouders de staat waar fatsoensnormen, trouw en respect nog diepgeworteld waren.

Madison volgde haar man naar de salon. Gedurende het diner had ze haar gezicht in de plooi gehouden en de indruk gewekt het de normaalste zaak van de wereld te vinden dat hij op een doordeweekse avond thuis met haar dineerde. Landon nam zelden de moeite om na een dag hard werken een van zijn penthouses in Baton Rouge, New Orleans of La Fayette te verlaten. Hij was grootgrondbezitter en eigenaar van zoveel onroerend goed, dat er dagelijks een bataljon advocaten voor hem in de weer was om alle zakelijke transacties in goede banen te leiden. Voor zoiets burgerlijks als een diner met zijn vrouw op een doordeweekse dag had hij dus geen tijd. Dat gold eigenlijk ook voor de weekenden, maar om de schone schijn naar de buitenwereld op te houden bracht hij die tijd meestal niet door in een van zijn peperdure appartementen in de stad maar in het kantoor van hun landhuis.

Landon vulde twee glazen met ijsblokjes en schonk er whiskey bij. Hij zette een van de glazen voor zijn vrouw op de salontafel en nam tegenover haar plaats in een van de fauteuils.

'Hoe was je dag?'

Na twaalf jaar huwelijk kende ze hem goed. Conversaties over alledaagse dingen waren niet aan hem besteed. Hoe haar dag was verlopen interesseerde hem weinig tot niets en als dat wel het geval was zoals nu, had ze waarschijnlijk een probleem. Zeker omdat vandaag voor haar geen alledaagse dag was geweest.

'Niets bijzonders,' antwoordde ze neutraal.

'Hoe bedoel je, niets bijzonders? Moet ik dat interpreteren als dat je hebt gewinkeld, geluncht en daarna gezopen tot je wakker schrok van de mededeling dat ik thuis zou komen? Het dagelijkse patroon?'

Ze wilde met een sneer van zich afbijten maar iets in haar zei haar dat ze zich moest inhouden. Hij probeerde haar uit de tent te lokken. Maar waarom? Ze werd nerveus. Zou hij het soms weten?

'Ik weet niet wat je precies bedoelt. Vandaag ben ik inderdaad in Baton Rouge gaan winkelen maar ik heb geen druppel gedronken.'

Hij stond op en glimlachte flauwtjes. 'Daar had je waarschijnlijk geen tijd voor. Veel te druk met andere zaken, nietwaar?'

Ze schudde mismoedig haar hoofd. 'Ik weet echt niet wat je suggereert, Landon. Waar slaat dit op?'

Hij liep naar het statige bureau waarop de drankflessen stonden en trok een la open. Met een envelop in zijn hand kwam hij naast haar staan. Hij pakte er een stapeltje foto's uit, legde ze op tafel en spreidde ze als een waaier over het tafelblad.

'Deze kreeg ik vandaag bezorgd. Gelukkig door iemand die voor mij werkt.'

Even dacht ze dat haar hart gestopt was met kloppen. De foto's lieten niets aan de verbeelding over.

'De entree van het Radisson Hotel, het centrum van Baton Rouge. Hoe stom kun je zijn om in jouw positie open en bloot met een vriendje in het openbaar te verschijnen en daar zoenend afscheid te nemen? Het is te hopen dat het bij deze foto's blijft. Als de roddelpers hier namelijk lucht van krijgt, heb ik een serieus probleem.' Hij liet een korte stilte vallen. 'En jij ook, Madison.'

Hij keek haar strak aan. 'Dit is verre van discreet en dus niet volgens onze afspraak.' Hij pakte de foto's en stopte ze terug in de envelop.

'Laat dit nooit meer gebeuren.' Het klonk ijskoud.

Zonder haar verder een blik waardig te gunnen, verliet hij de salon.

De rit naar de haven van het kleine vissersplaatsje duurde hooguit een uur. Hoewel ze maar een paar keer met Landon naar Walnut Bay was meegegaan, kende ze de route. De kleine haven lag aan de Golf van Mexico. Landon had er de twaalf meter lange Dorothy liggen, een vissersboot die was vernoemd naar zijn overleden moeder en werd onderhouden door Tyler LaPierre, de plaatselijke klusjesman die zich ook liet inhuren als stuurman of dekknecht. Meestal was dat laatste het geval, want op zijn spaarzame vrije zondagen wilde Landon zelf varen. Hij was een fervent sportvisser.

Madison vond er niet veel aan. In de eerste jaren van hun huwelijk was ze met hem meegegaan om haar goede wil als echtgenote te tonen. Het aan de haak slaan en gecontroleerd aan boord halen van die glibberige beesten stond haar echter zo tegen, dat ze er na verloop van tijd de brui aan had gegeven en had geweigerd nog langer op die boot te stappen. Landons reactie hierop was even voorspelbaar als hun huwelijk: het kon hem niets schelen. Sterker nog, zonder haar vermaakte hij zich beter. Regelmatig keek ze in haar achteruitkijkspiegel en speurde de weg achter haar af. Ze was voorzichtiger geworden nu Landon met die foto's gedreigd had.

Ze zuchtte diep en vroeg zichzelf af hoe het toch zo ver had kunnen komen. Al wist ze het wel. Hun huwelijk was een farce. De eerste jaren van hun huwelijk herinnerde ze zich nog als de dag van gisteren. Nadat ze hem toevallig op een feestje had ontmoet, waren ze als een blok voor elkaar gevallen. Vanwege zijn afkomst en knappe uiterlijk was Landon Camus een van de meest begeerde vrijgezellen van Louisiana. Als voormalig Miss New Orleans had zij niet te klagen over de aandacht van mannen, maar Landon was toch echt de hoofdprijs. Na een korte verloving van enkele maanden, trouwden ze onder het toeziend oog van de happy few van Louisiana, wat neerkwam op een bruiloft met ruim vijfhonderd gasten. Het gros hiervan maakte deel uit van de republikeinse partij waarin Landons familie van oudsher achter de schermen een toonaangevende rol speelde. Zij lobbyden voor een liberale vuurwapenwet, een immigrantenstop en tegen inmenging van de lokale en federale overheid in de levens van haar burgers. Big brother is watching you was voor hen een gruwel.

De eerste twee jaar van hun huwelijk waren een geschenk uit de hemel. Landon werkte nog niet zo hard waardoor zij veel tijd samen konden doorbrengen. Toen zij maar niet zwanger raakte en uit een uitvoerige test bleek dat ze geen kinderen kon krijgen, veranderde hun relatie. Landon stortte zich steeds meer op zijn werk, waardoor ze elkaar nauwelijks meer zagen. Seks werd zo sporadisch, dat zij er wel van uit moest gaan dat hij buitenshuis zijn bevrediging zocht en kreeg. Drie jaar en vele tranen later besloot zij zijn voorbeeld te volgen, wat uiteindelijk was geresulteerd in de onmogelijke situatie waarin ze zich nu bevond. Haar voornemen om haar leven te gaan leiden zoals zij dat wilde ten spijt.

Maar nu had ze een plan. Het was begonnen met een sluimerende wens die, naarmate de tijd vorderde, steeds dwingender werd. Om haar zin te krijgen, moest ze Tyler ervan overtuigen met haar samen te werken. Ze was al een tijdje bezig hem voor zich te winnen, maar ze moest nu stappen zetten om zijn interesse niet te verliezen. Het ging namelijk niet om een illegaal boottochtje of een duister verzekeringszaakje, dingen waarvan ze dacht dat de klusjesman er zijn hand niet voor omdraaide. Nee, dit zou groots worden. Ze moest echt alle registers opentrekken om hem op haar hand te krijgen. Als ze eraan dacht, werd ze al een beetje misselijk.

Ze wist zeker dat Landon het niet bij een reprimande zou laten. Voor zijn advocaten waren deze compromitterende foto's onovertroffen bewijsmateriaal. Bij een 'normale' scheiding moest Landon diep in de buidel tasten en aangezien hij alleen al privé goed was voor zeshonderd miljoen dollar, zou haar maandelijkse alimentatie aanzienlijk zijn. Dit, en het feit dat hij in kringen vertoefde waar men niet zomaar scheidde, had hem ervan weerhouden al eerder een einde aan hun huwelijk te maken.

Nu Landon deze foto's in handen had, zou hij binnen afzienbare tijd de stap wel kunnen zetten en de scheiding aanvragen. De scheiding zou haar inkomsten laten terugvallen tot een bedrag dat bij lange na niet toereikend was voor de levensstijl die ze zich in de loop der jaren had aangemeten. Aangezien ze er niet aan moest denken om zoveel stappen terug te doen, restte haar slechts één mogelijkheid. Het was heel extreem, maar helaas had ze geen andere keus. Ze weigerde om ten overstaan van de hele goegemeente gekleineerd en gedumpt te worden.

Ze parkeerde de auto net buiten de haven. De kans was klein dat iemand haar herkende, maar ze wilde geen enkel risico nemen.

Voordat ze de kade op liep, liet ze haar blik eerst langs alle boten glijden. Even later zag ze Tyler staan. Via een kleine omweg langs een aantal boten die ter reparatie op blokken stonden, kwam ze bij het schip waar Tyler was. Hij had een kwast in zijn handen en keek verbaasd toen ze recht tegenover hem op de kade bleef staan.

'Dag mevrouw Camus. Dat is lang geleden.'

Ze glimlachte vriendelijk. 'Ik was in de buurt en had zin in koffie.'

Hij grijnsde terwijl zijn kraaloogjes glinsterden. Hoewel ze van hem walgde, liet ze dat niet merken.

'Ik heb in mijn kantoor de beste koffie van de staat.'

'Lekker,' antwoordde ze flirtend.

Byron Miller bekeek op zijn gemak de foto's. Nadat hij de laatste had gezien en er weer een keurig stapeltje van had gemaakt, keek hij op.

'Is dit het, of heb je nog meer?' vroeg hij aan Landon die tegenover hem aan zijn bureau zat.

'Niet zwart op wit,' antwoordde Landon op de neutrale toon die hem zo kenmerkte. In de loop der jaren was ondoorgrondelijkheid zijn handelsmerk geworden. Hij had veel van zijn zakelijke tegenstanders op cruciale momenten ermee afgetroefd.

'Hij heeft ook nog wat veldwerk verricht.'

'Een privédetective?'

Landon knikte. 'Hij is erachter gekomen dat Madison en haar toyboy op die dag een suite hebben gehuurd in het Radisson Hotel onder Mr. en Mrs. Smith. Er is cash betaald.'

'Iemand van het personeel heeft dus gepraat. Ik begrijp dat het lastig is, maar een verklaring op papier zou het verhaal een stuk sterker maken.'

Landon dacht hier even over na en kwam tot een besluit.

'Dat lukt wel. Money talks, bullshit walks.'

Miller grijnsde om de kernachtige samenvatting die hem op het lijf geschreven was. Hij liep tegen de zestig en werkte al vijfentwintig jaar bij Miller & Johnston, een gerenommeerd advocatenkantoor in New Orleans. Van oudsher behartigde dit kantoor de belangen van de familie Camus. Sinds tien jaar had hij de plek van zijn vader overgenomen, wat inhield dat hij regelmatig contact had met Landon.

‘Wat wil je dat ik doe?’ Hij dacht het antwoord wel te weten, maar moest formeel deze vraag stellen.

‘Een scheiding. Ons huwelijk stelt al jaren niets meer voor, maar daarover hadden we onderling goede afspraken gemaakt. We leidden ieder ons eigen leven. Voorwaarde was wel dat het discreet gebeurde. Die afspraak heeft zij geschonden. Ik ben helemaal klaar met haar. Dit foutje gaat ze voelen, want ik betaal haar het absolute minimum aan alimentatie. Hiermee,’ Landon tikte op de foto’s, ‘heeft ze het recht op een aanzienlijk bedrag verloren, toch?’

Miller keek bedenkelijk.

‘Helaas liggen dit soort zaken niet zo simpel als dertig jaar geleden. Op het eerste gezicht lijken we een sterke zaak te hebben. In de praktijk zou dat nog weleens tegen kunnen vallen, zeker als ze het gaat aanvechten en de beschuldiging van ontrouw zal afzwakken of jouw avontuurtjes tegen je zal proberen te gebruiken.’

Hij laste een korte pauze in om zijn woorden op Landon in te laten werken.

‘De pers zal ervan smullen. Een Camus die gaat scheiden is hier in de regio nieuws. Grote kans dat ze dan bepaalde smeuïge details over jou, of ze nou waar zijn of niet, naar buiten brengt.’

‘Dat zou laster zijn en dat kun je aanpakken!’

Hij hief bezwerend zijn handen.

‘Ik ontken niet dat we sterk staan. Maar dit wil niet zeggen dat jij ongeschonden uit de strijd tevoorschijn komt, zowel privé als zakelijk.’

Landon knikte traag. Van dit antwoord werd hij niet bepaald vrolijker, maar hij kende de kwaliteiten van zijn beste advocaat en wist dat hij hem niets op de mouw zou spelden. ‘Wat raad jij me aan, Byron?’

‘Slaap er nog een paar nachtjes over. Als je dan nog steeds zeker weet dat je wilt scheiden, ga ik de zaak voorbereiden en trek ik ten strijde.’

Hij liep naar de deur. Toen hij op het punt stond die te openen, aarzelde hij en draaide zich om.

‘Neem hier echt je tijd voor, Landon. Helemaal in dit soort zaken kosten emotionele beslissingen je uiteindelijk meer dan je lief is.’

Landon knikte. Hij had even willen zeggen dat hij het juist allemaal heel zakelijk zag, maar hij wist dat Miller gelijk had.

Madison deed haar slipje en rokje weer aan en knoopte haar blouse dicht. Hoewel het in die dertig minuten geen seconde van haar gezicht af te lezen was geweest, had ze van zichzelf en Tyler LaPierre gewalgd. Dit was de eerste maal in haar leven geweest dat ze echt tegen haar zin in seks had gehad. Hopelijk was het ook de laatste keer geweest. Ze moest er namelijk niet aan denken dat ze ooit nog in een soortgelijke benarde positie als vandaag terecht zou komen. Maar het was voor de goede zaak, hield ze zichzelf voor. Het meest smerige gedeelte zat erop. Nu moest ze haar zakelijke voorstel verleidelijk inpakken.

De slaapkamer waarin ze zich bevond, was de luxeslaapplek van een miljonair uit New Orleans die gemiddeld een week of drie per jaar zijn villa voor dit onderkomen verruilde. Tyler had haar dit tijdens het betreden van het schip verteld. Ze had geen enkele reden om hieraan te twijfelen en het interesseerde haar evenmin. Zoals ze al had vermoed, was hij na al die weken opwinding gretig op haar avances ingegaan. Om de spanning op te bouwen, had ze eergisteren niet direct toegehapt op zijn voorstel om enkele schepen van binnen te bekijken. Toen ze afscheid hadden genomen en zij ter sprake bracht dat ze overmorgen weer langs zou komen, zei de geile blik in zijn ogen meer dan genoeg. Haar eerste move was geslaagd, en na de walgelijke seks van daarnet mocht ze concluderen dat ook het tweede deel van haar plan succesvol was verlopen.

Ze hoorde het toilet doorspoelen. Het ordinaire mannetje met zijn pezige lichaam zou weer naast haar komen liggen. Misschien was hij nog niet verzadigd, ze moest er niet aan denken. Helaas voor hem was het fysieke gedeelte voorlopig voorbij. Mocht hij precies doen wat zij hem zou opdragen, dan was het best mogelijk dat ze zich in de toekomst wat toegeeflijker zou opstellen. Maar dat was van later zorg. Eerst moest zij hem volledig op haar hand zien te krijgen.

Tyler stapte de slaapkamer binnen. Hij was onaangenaam verrast dat zij haar kleren weer had aangetrokken, maar deed zijn uiterste best dit niet te laten merken.

'Heb je het soms koud?' vroeg hij met een grijns die een deel van zijn onregelmatige gebit blootlegde. Het was hartje zomer en het kwik was vandaag al opgelopen tot vijfendertig graden.

Ze negeerde zijn vraag en gleed met haar vingers langs het opstaande, kalfsleren deel tussen het bed en de wand van het schip. 'Ik hou van luxe. Dat is iets wat ik niet kan missen.'

Tyler haalde zijn schouders op. 'Ach, alles went. Ook een tweekamerappartement met uitzicht op het balkon van de buren. Ik woon er al tien jaar, dus ik weet er alles van.'

Ze draaide zich een kwartslag om, streelde zijn borst en keek hem begerig aan.

'Ik moet je wat bekennen. Soms denk ik eraan om alles achter me te laten. Bijvoorbeeld met een schip als dit weg te varen en aan de horizon te verdwijnen. De hele dag eten, drinken, zonnen en vrijen.'

Ze lachte ondeugend.

'Lijkt dat je wat?'

Ze voelde hoe zijn lichaam reageerde op haar strelingen. Hij richtte zijn blik op een patrijspoort, keek naar buiten en leek haar vraag serieus te overdenken.

'Meen je dat? Dat lijkt me geweldig,' antwoordde hij even later. 'Maar ik zou niet weten hoe ik dat moet betalen. En hoe zit het met Mr. Camus?'

Een mysterieuze glimlach bleef op haar gezicht gebeiteld toen ze haar mond vlak bij zijn oor bracht.

'Daar heb ik wel een oplossing voor. Wat dacht je van tien miljoen dollar?'

Landon nam een slok van zijn whiskey en knikte in de richting van het openstaande raam. Het briesje dat de salon bereikte zorgde nauwelijks voor enige verkoeling. De zomers op het platteland van Louisiana waren heet en vochtig.

'Dit schiet niet op,' bromde hij. 'Zal ik alle ramen maar laten sluiten en de airco aanzetten?'

Madison twijfelde en haalde haar schouders op. De koele lucht van de airco zorgde weliswaar voor een aangename temperatuur, maar ze was overgevoelig voor de koude luchtstroom, waardoor ze morgen zo goed als zeker een flinke verkoudheid zou hebben. Landon wist dat, dus dat hij het voorstelde was voor haar weer een voorbeeld van zijn onvermogen zich in haar in te leven. 'Liever geen airco,' antwoordde ze. 'Dan ben ik een paar dagen geen mens door al dat gesnotter.'

Landon knikte begrijpend. 'Dan laten we het zo.' Hij stond op en liep naar de deur.

'Heb je er bezwaar tegen dat ik aan Buster vraag of hij een ventilator brengt?'

Ze schudde haar hoofd. Nee maar, hij was wel degelijk hoffelijk vandaag. Zolang de harde wind van die ventilator niet op haar werd gericht vond ze het best. Landon knikte haar toe en ging op zoek naar de butler, die waarschijnlijk in de buurt van of in de keuken was. Madison keek hem bedenkelijk na. Het was vrijdag en hij was voor zijn doen vroeg thuisgekomen. Ze hadden gezamenlijk gegeten en er was geen onvertogen woord gevallen. Voor zijn doen was hij al de hele avond vriendelijk geweest. Dat hij gewoon een spelletje met haar speelde was ook goed mogelijk. Ze zag hem er wel voor aan. Landon was een rancuneuze man. Het was onmogelijk dat hij haar die misstap zou vergeven. En toch... Vanavond was hij weer een beetje de man op wie ze verliefd was geworden. Ze vroeg zich af of hij ook op de hoogte was van haar eerdere afspraakjes.

Ondanks zijn goede humeur moest ze op haar hoede blijven. Ze wist bijna zeker dat hij niets wist van haar contact met Tyler LaPierre. Ze was niet gevolgd.

Tot haar genoegen had Tyler toegehapt. Hij was intussen bereid heel ver te gaan om in de toekomst met haar in luxe te leven. Maar voordat het zover was, moest er wel een lastig obstakel uit de weg worden geruimd. Ze hadden uren gepraat en waren uiteindelijk tot de conclusie gekomen dat er maar één idee een goede kans van slagen had. Nadat ze de details hadden uitgewerkt, hadden ze met een lange kus afscheid genomen.

Landon kwam zonder ventilator binnen.

'Buster zat nog te eten,' zei hij voordat ze de kans kreeg een vraag te stellen. 'Hij brengt straks een ventilator... Zo belangrijk vond ik het nou ook weer niet.'

Madison haalde een kleine handgemaakte waaier uit een la. Ze klapte deze open en zorgde met wat vinnige handgebaren voor wat tijdelijke verkoeling.

'Heerlijk,' verzuchtte ze. 'Ik zou een moord doen voor een fris windje.'

'Zondag ga ik de zee op en daar zal ongetwijfeld een lekker

briesje zijn, maar we gaan wel om te vissen, dus ik neem aan dat jij daar geen zin in hebt?'

Haar eerste reactie was om toe te happen. Ze wist zich echter te beheersen. Vissen was niet bepaald haar favoriete bezigheid, dus een enthousiaste reactie zou argwaan bij hem kunnen wekken.

'Nee, je hebt gelijk, ik vind vissen saai,' zei ze verveeld. 'Binnenhalen en weer teruggooien, daar snap ik de lol niet van. Ik ga liever een stuk echt varen in plaats van eindeloos op één plek dobberen.'

Landon glimlachte geamuseerd. 'Wat jij saai noemt, is voor mij rustgevend. Ieder zijn hobby, toch? Zondag wordt trouwens een bijzondere dag. Tyler belde me vanmorgen met een interessant verhaal. Hij had met beroepsvissers gesproken en die waren op haaien gestuit.'

Haar hartslag versnelde, maar ze bleef onverschilligheid uitstralen.

'Wat is daar zo bijzonder aan? Je hebt toch wel vaker haaien gevangen?'

'Maar geen exemplaren van boven de twee meter,' antwoordde hij meteen. 'Het is behoorlijk ver van de kust, maar wat mij betreft het proberen waard.'

'Dus je gaat ook een flink stuk varen?'

Hij knikte bevestigend.

'Dan zal ik er nog eens over nadenken.'

Anderhalf uur nadat ze de haven waren uitgevaren was het anker nog steeds niet uitgegooid. Landon had tien minuten geleden wel wat vaart verminderd. De zon stond hoog aan de hemel en het was bijna windstil, waardoor er nauwelijks golfslag was. De oceaan was een grote spiegel met hier en daar een rimpel.

Madison lag, ogenschijnlijk ontspannen, in haar bikini op de kleine voorsteven. Nu het zover was dat haar plan binnen afzienbare tijd zou worden uitgevoerd, had ze steeds meer haar twijfels. Ze was ontzettend nerveus. Tyler had tot dusver gedaan wat hij had beloofd door Landon over de haaienplek te vertellen. Dat had ze wel verwacht, maar toch, je wist maar nooit. Tegenover haar mocht hij dan wel zelfverzekerd overkomen, het bleef afwachten of hij het plan uiteindelijk echt zou uitvoeren. Zouden haar charme en het vooruitzicht op een flinke som geld achteraf sterker zijn dan zijn loyaliteit naar Landon of de angst ontdekt te worden?

Had ze het wel goed ingeschat? Waren die foto's wel echt zo bedreigend, of alleen een stok achter de deur waardoor zij zou stoppen met haar affaires? Kon het zo zijn dat hij helemaal niets in zijn schild voerde? Dat hij het bij de foto's zou laten en haar nog een kans gaf? Dat die scheiding er toch niet zou komen? Ach, wat zat ze zichzelf nou voor de gek te houden. Hun huwelijk stelde niets voor en met dit 'bewijsmateriaal' stond hij bijzonder sterk om op een goedkope manier van haar af te komen. Want dat was wat hem in het verleden had tegengehouden. Zonder een zwaarwegende reden als vreemdgaan moest hij haar het grootste deel van zijn leven een aanzienlijke toelage betalen. Landon was een begaafd zakenman die wist dat hij het ijzer moest smeden als het heet was. Nu was dus het uitgelezen moment voor hem. En mocht het niet nu zijn, dan zou die scheiding over een paar maanden wel komen. Ze hadden het niet goed meer samen en hij zou wel weer iets nieuws verzinnen om haar aan de kant te kunnen zetten.

De beperkte kennissenkring die zij tijdens hun huwelijk had opgebouwd bestond louter en alleen uit mensen die uit het milieu kwamen waarin Landon zich bewoog. Centraal stond, was beter uitgedrukt. Zij zouden zich zonder enige aarzeling van haar afkeren. Het voormalige fotomodelletje werd teruggetrapt naar de onderste tree van de sociale ladder waarvandaan ze ooit was opgeklommen. Als weduwe van Landon zou het echter de omgekeerde wereld zijn. Dan zou ze publiekelijk worden gerespecteerd (al was het maar voor de schijn) en kon ze gewoon haar eigen leven leiden. Ze had te hard gevochten om te komen waar ze nu was. Ze zou dat door niemand laten afpakken. Dus was er maar één oplossing. Het was ironisch dat ze haar verleidingskunsten, die haar in de problemen hadden gebracht, nu ook voor de enige oplossing die ze kon bedenken had moeten inzetten. Als zij echt wilde, kon geen man op de wereld haar weerstaan. Ook Tyler niet. Juist Tyler niet. Gedreven door blinde verliefdheid en onvervalste hebzucht zou hij hun plan uitvoeren.

'We zijn nu op de plek,' hoorde ze Landon zeggen. Ze draaide zich om en zag hoe hij naar het paneel met de navigatieapparatuur keek. Ze zaten midden op zee, nergens was een strook land of een schip te bekennen.

'Hoe weet je dat je op de goede plek bent?'

‘Tyler heeft me de coördinaten gegeven.’ Ze keek om zich heen en zag hoe Tyler een emmer pakte en daar met een grote lepel in roerde.

‘Lunch,’ grijnsde Landon. Hij nam nog meer gas terug. Tyler schepte de smurrie uit de emmer en gooide het in een regelmatig tempo overboord. Ze wist niet wat voor bloederig mengsel hij als lokaas gebruikte, maar het stonk vreselijk.

Even later sneden de eerste vinnen door de oppervlakte. Ze wist dat ze op deze boot veilig was, maar werd bij het zien van de vinnen toch onrustig. Toen de emmer leeg was, zag ze zeker een stuk of tien haaienvinnen rond de boot draaien. Het kon niet lang meer duren voordat het onvermijdelijke zou gebeuren. Precies op tijd hoorde ze Tyler de ingestudeerde woorden zeggen.

‘Ik pak het aas voor de hengels.’ Hij duwde de zitting van een bank omhoog. In de holle ruimte daaronder lagen plastic zakken met dode vis die als aas diende. Ze kwam overeind.

‘Ik ga even uit de zon.’ Ze omklemde de reling boven de stuurhut en schuifelde langs de zijkant. Met een sierlijk sprongetje belandde ze in de kuip van de boot. Landon en Tyler stonden vlak bij de achtersteven de hengels in orde te maken. Glimlachend liep ze naar het tweetal toe.

Vanuit haar ooghoek zag ze dat Tyler een mes pakte, zogenaamd om de buik van de aasvissen open te snijden waardoor ze voor de roofvissen helemaal een onweerstaanbare prooi werden. Ze legde haar arm om de schouders van Landon heen. Haar vingers omklemden zijn rechterbovenarm. Ze drukte haar lichaam tegen hem aan. Voor even had ze hem in een klem, zoals van tevoren met Tyler was afgesproken. De voorkant van zijn lichaam was nu onbeschermd, elk moment zou Tyler kunnen toesteken.

Opeens voelde ze hoe Landon handig zijn linkerarm onder haar lichaam vandaan draaide. Hij trok haar naar zich toe en keek haar recht aan. De blik in zijn ogen was kil.

Voordat ze de kans kreeg zichzelf uit zijn greep los te wurmen, voelde ze hoe een scherp voorwerp over haar rug sneed. Ze gilde het uit toen het mes enkele diepe kerven in haar rug maakte. Door de twee steken in haar bovenbeen zakte ze in elkaar. Landon hield haar in een ijzeren greep, zodat ze als een lappenpop met haar voeten over het dek gleed.

Tyler schoot Landon te hulp. Samen pakten ze Madison onder haar oksels en voor ze het wist zweefde ze in de lucht. Ze schoot door het wateroppervlak. Overvallen door een blinde paniek, voelde ze haar wonden niet. Met wilde armslagen kwam ze boven water. De boot was enkele meters bij haar vandaan. In een waas zag ze Landon en Tyler op het dek staan.

Ze werd afgeleid door een klap tegen haar been. Toen ze weer opkeek zag ze dat ze was omringd door vinnen.

Op het moment dat ze het uitgilde van angst, hapte een opengesperde bek toe. Tientallen vlijmscherpe tanden sneden door haar vlees. Terwijl ze de diepte in werd gesleurd, zag Madison in een flits een mozaïek van licht aan het wateroppervlak. Daarna werd het donker en gleed ze weg in een eeuwige duisternis.

In tegenstelling tot Landon die stoïcijns stond te kijken hoe zijn vrouw werd verscheurd, wendde Tyler zijn blik af van het mensonterende tafereel. Hij kokhalsde even en voelde zich een lafaard en een schoft, maar hij besefte ook dat hij gedwongen was om deze keuze te maken.

Toen Madison in de diepte was verdwenen, draaide Landon zich om en liep naar het midden van de boot. Hij sloeg zijn armen over elkaar en keek Tyler doordringend aan.

'Het hele dek moet schoon,' zei hij zakelijk, zonder enige nervositeit of mededogen. 'Vanaf het punt waar ik sta tot de reling bij de achtersteven. Elk stukje van het schip waar een bloedspat kan liggen moet geschrobd worden.'

Tyler knikte gedienstig. Hij legde het mes op het dek en pakte een van de schone emmers die naast het aas lagen. Landon bleef stokstijf staan en stak geen vinger uit om hem te helpen.

Terwijl Tyler de beelden van Madison uit zijn gedachten probeerde te krijgen, begon hij aan de smerige klus.

'Vergeet de reling niet.'

Tyler klemde zijn kaken op elkaar, keek Landon even aan en draaide zich om naar de reling. Landon griste het vismes van het dek en dreef het mes diep in Tylers rug. Tyler verstijfde. Op dat moment zette Landon kracht en duwde hem overboord.

Met een laatste krachtsinspanning lukte het Tyler aan de oppervlakte te komen. Voordat hij het bewustzijn verloor, zag hij een vin. Landon glimlachte tevreden toen ook het lichaam van Tyler definitief uit het zicht verdween. Hij trok al zijn kleren uit, stopte ze in een plastic zak met een steen en gooide deze in het water. Spiernaakt spoelde hij zichzelf af en schrobde het dek nogmaals extra goed.

Toen hij ervan overtuigd was dat hij alle sporen van het bloedbad van daarnet had gewist, liep hij naar de kajuit om zich aan te kleden. Hij had een identieke set kleding meegenomen om geen argwaan te wekken bij de mensen die hem vandaag aan boord hadden zien gaan.

Weer op het dek, keek hij om zich heen. Slechts heel in de verte zag hij een stip zo groot als een potloodpunt aan de horizon. Hij pakte zijn verrekijker erbij. Het schip was minstens vijftien mijl bij hem vandaan. Mocht daar iemand met een verrekijker op het dek staan, dan nog zou niemand gezien kunnen hebben wat er zich precies op zijn vissersboot had afgespeeld. Het was tijd om hulp in te schakelen. Hij zocht naar het noodkanaal en drukte de knop van de marifoon in.

'Hier de Dorothy. Het... het is verschrikkelijk... Mijn vrouw... en Tyler... Ze zijn overboord geslagen... haaien... O, mijn god... overal haaien... Ik kan niets doen... Help mij!'

Het antwoord kwam snel.

'Wat is uw positie, Dorothy?'

Hoewel hij zijn positie uit zijn hoofd kende, liet Landon een stilte vallen. Alsof hij in zijn radeloosheid op zoek was naar de juiste getallen. Met trillende stem gaf hij de coördinaten door.

'Er is hulp onderweg, Dorothy.'

Landon nam plaats in de stoel tegenover het stuurwiel en wachtte in alle rust af tot de hulptroepen zouden arriveren. Dan was het vroeg genoeg om de verdwaasde, ontroostbare en in een shock verkerende echtgenoot te spelen.

Hij genoot van het uitzicht en van de warme gloed die de whiskey verspreidde in zijn lichaam. Het was een verademing om weer op zijn balkon in de stad te zitten, nadat hij zich vier dagen had teruggetrokken in zijn landhuis. Op advies van zijn advocaat Byron Miller was hij zondagavond na de plichtplegingen op het politiebureau naar zijn landgoed afgereisd. De overweldigende mediaaandacht die ongetwijfeld zou komen, werd door de juridische afdeling afgehandeld. Op wat vertrouwelingen en huispersoneel na, kreeg niemand hem te spreken. Miller zou hem persoonlijk op de hoogte stellen als er iemand was die hij wel te woord kon staan wanneer het in hun voordeel zou zijn. Voor de buitenwereld was hij een rouwende weduwnaar die door een afschuwelijk ongeluk zijn liefhebbende vrouw had verloren en een trouwe werknemer die bijna familie voor hem was. Het was niet meer dan logisch dat iemand in zijn positie zich bij zo'n persoonlijk drama terugtrok om te rouwen over zijn vreselijke verlies.

Miller had niet alleen het perfecte plaatje geschapen, hij had er ook voor gezorgd dat niemand dit kon doorbreken. Mensen van de pers stond hij kort en krachtig te woord. Zij die hiermee geen genoegen namen werd de toegang tot het landgoed belemmerd door een ingehuurd beveiligingsteam dat daar vierentwintig uur per dag patrouilleerde.

Hierdoor had Landon de afgelopen dagen in betrekkelijke rust doorgebracht. Een stilte die hem langzamerhand naar de keel had gegrepen. Voorheen leek zijn telefoon bijna aan zijn oor geplakt, zo vaak als hij belde, maar nu had hij bijna geen contact met de buitenwereld. Alleen met Byron.

De dood van Madison en Tyler was zondag en maandag breaking news geweest. In de loop van dinsdag was de belangstelling wat afgenomen, wat ongetwijfeld een gevolg was van Byron Millers werk. Woensdag had hij zichzelf nog teruggezien in een inderhaast in elkaar geflanste documentaire over zijn leven waarin gebruik werd gemaakt van gedateerde beelden en foto's. Het item stelde niets voor en over de huidige situatie hadden ze niets nieuws te melden. Hij was de enige op deze aardbol die wist wat er die zondagmiddag daadwerkelijk had plaatsgevonden. Informatie die hij mee zou nemen tot in zijn graf. Na het diner had hij een beslissing genomen over iets wat al twee dagen door zijn hoofd speelde. Hij zou hier niet langer als een schoothondje wachten totdat zijn advocaat het sein zou geven om zijn vrijwillige isolement op te heffen. De muren kwamen op hem af. Het was hier te stil. Jarenlang had hij een opwindend leven geleid en ervan genoten. De vredige sfeer die op het landgoed heerste kwam hem zijn neus uit.

Hij zou zich, zoals Miller hem op het hart had gedrukt, niet in het openbaar begeven en met anderen spreken, maar wel naar zijn appartement in New Orleans gaan. Hier in zijn penthouse had hij die heerlijke sfeer van de bruisende stad opgesnoven en was het leven weer door zijn aderen gaan stromen. Vrouwelijk bezoek, hoe aantrekkelijk die optie ook was, hield hij buiten de deur. Hij had een uitstekende deal met een callgirlorganisatie die uitermate discreet opereerde. In het verleden had een scala aan mooie vrouwen zijn penthouse bezocht. De mediastorm moest eerst gaan liggen voordat hij deze oude gewoonte weer kon oppakken.

Terwijl hij genoot van zijn whiskey en het uitzicht, dacht hij aan Madison. Ze had gegokt en verloren, gekregen wat ze had verdiend. Hun huwelijk had op het laatst enkel nog op papier bestaan. Toen hij werd getipt door een kennis die Madison met een andere man een hotel had zien verlaten, kwam hun huwelijk onder druk te staan. Toen hij met de foto's van haar en weer een ander vriendje op de proppen kwam, werd ze nerveus. Ze had zich donders goed gerealiseerd dat hij de touwtjes in handen had. Hij glimlachte triomfantelijk. Haar plan was gedurfd en drastisch geweest, moest hij eerlijk toegeven. Tyler LaPierre was de beste optie geweest. Ze had haar handen zelf niet vuil willen maken. Wat ze echter had onderschat was de loyaliteit van LaPierre en hoogstwaarschijnlijk ook de angst die hij voor zijn baas had. In plaats van haar plan uit te voeren was LaPierre naar hem toegekomen en had zijn verhaal gedaan. De man was opgelucht geweest toen hij hem uitvoerig had bedankt en geroemd om zijn loyaliteit. Tevens had hij hem een stevige beloning in het vooruitzicht gesteld. In delen, zodat LaPierre het idee had gekregen dat hij zijn toekomst financieel veilig had gesteld.

Hij had er echter geen rekening mee gehouden dat hij helemaal geen toekomst meer zou hebben. Natuurlijk zou ik geen getuigen achterlaten, dacht Landon. Overtuigd van zijn eigen veiligheid had LaPierre hem op het verkeerde moment zijn rug toegekeerd. De goedgelovige sukkel.

Het gezoem van de deurbel deed hem opschrikken. Hij liep naar de intercom. Op het moment dat zijn hand vlak bij de knop was, aarzelde hij. Wie kon dat zijn? Niemand wist dat hij hier was. Als hij zou antwoorden, verraadde dat zijn aanwezigheid. Resoluut draaide hij zich om en schonk zichzelf nog een whiskey in. Toen hij zijn eerste slok nam, ging zijn mobiele telefoon. Het nummer

dat hij op het schermpje zag, kende hij niet. Toch nam hij op.
'Hallo?'
'Goedenavond, meneer Camus. U spreekt met rechercheur Collins. Kunt u de deur openen? Mijn collega en ik willen even met u spreken.'

Wat moeten die gasten van me? Zijn verklaring op het politiebureau was toch plausibel en afdoende geweest? Voor zover hij wist had niemand ook maar een seconde aan zijn verhaal getwijfeld. En hoe weten ze dat ik hier ben?
'Goedenavond,' zei de kleinste van het tweetal toen hij het penthouse betrad. 'Fijn dat u nog even tijd voor ons wilt maken.'
In tegenstelling tot Collins, die een modieus beige linnen pak droeg, was Brundle gekleed in een spijkerbroek en een wit overhemd. Collins had in zijn hand een grote envelop. Die deed Landon denken aan de envelop waarin hij de foto's van Madison had opgeborgen. Het viel hem nu pas op dat hij ze er niet als typische rechercheurs vond uitzien. Hij had ze kort op het politiebureau gesproken, toen ze zijn verklaring die was opgetekend door een agent met hem doornamen, maar had niet echt aandacht aan hun uiterlijk en jeugdigheid geschonken. Hij schatte ze rond de dertig, gedreven, stads en energiek. Hij wees naar de salontafel.
'Neemt u plaats.' De twee mannen deden wat hij vroeg.
'Leuk optrekje,' zei Collins. 'Prachtig uitzicht.'
Landon knikte. 'Na vier dagen eenzame opsluiting had ik daar behoefte aan.'
'Nogmaals gecondoleerd met uw vrouw en werknemer,' sprak Brundle op weinig sympathieke toon.
'Dank u wel,' antwoordde Landon. 'Wilt u iets te drinken?'
'Nee, dank u wel, we hoeven niks.' Hij pakte een flinke stapel foto's uit de envelop en hield deze voor zich zodat Landon naar de witte achterkant keek. Opeens dacht hij te weten waarom de rechercheurs hier waren. De foto's waren vast van de lichaamsdelen van Madison en Tyler die ergens in een visnet waren gespoeld. Vanwege de hoge gruwelijkheidsgraad had men op het bureau besloten dit zo discreet mogelijk af te handelen en hem opgezocht. Maar waarom had Byron hem niet gewaarschuwd?
'U hebt een verklaring op het bureau afgelegd,' zei Collins. 'Wilt

u nog ergens op terugkomen of er iets aan toevoegen?'

Landon schudde van nee. Deze vraag beviel hem niet. Waren ze hier dan toch voor iets anders?

'Oké,' ging Collins verder op een toon waaruit opeens veel autoriteit sprak. 'Dan ga ik u de reden van ons bezoek vertellen.' Hij hield het stapeltje foto's nog steeds op dezelfde manier vast, alsof hij niet wilde dat Landon er een blik op kon werpen voordat hij was uitgesproken.

'Tijdens de nasleep van de olieramp met de Deepwater Horizon, tekende het verantwoordelijke olieconcern een contract met Woods Hole, het beroemde oceanografisch instituut in Massachusetts. Woods Hole leverde een schip dat vierentwintig uur per dag, zeven dagen in de week ging patrouilleren in een gebied van de Mexicaanse Golf waarin de gevolgen van de olieramp nog lang zouden doorwerken. Hun taak was en is veelomvattend; het bestuderen van de chemische samenstelling van de zee is daar een onderdeel van. Afgelopen zondag was hun schip, de Ocean Pride, het dichtstbijzijnde vaartuig op het moment dat de gruwelijkheden zich op de Dorothy voltrokken.'

De stip aan de horizon, dacht Landon. De ongerustheid die hem daarnet overviel, ebde weg. De foto's die Collins bij zich had konden nooit vanaf dat schip zijn gemaakt, wist hij zeker. Daarvoor was de afstand gewoonweg veel te groot geweest.

'Zoals u wel zult begrijpen, heeft een hoogaangeschreven instituut als Woods Hole toegang tot satellietbeelden.' Hij legde de foto's op tafel en draaide ze een slag om zodat hij er goed zicht op had.

'Dit zijn uitvergrotingen.' Hierna spreidde Collins de foto's uit over de tafel. De foto's lagen in chronologische volgorde. Als je snel van links naar rechts keek, leek het op een filmscène. In enkele seconden stortte de wereld van Landon Camus in. Hij zag zichzelf, Madison en Tyler op het dek van de Dorothy staan. Al waren ze niet haarscherp, de reeks foto's vertelde het verhaal tot aan het moment dat hij zijn oproep op de marifoon deed.

De twee rechercheurs stonden op.

'U bent gearresteerd op verdenking van moord op Madison Camus en Tyler LaPierre,' zei Collins. Zijn partner haalde een paar handboeien tevoorschijn en liep naar Landon toe.

‘U hebt het recht om te zwijgen,’ vervolgde Collins. ‘Alles wat u zegt kan tegen u worden gebruikt.’

Landon opende zijn mond om te eisen dat hij zijn advocaat mocht bellen. Een snelle blik op de serie foto’s deed de woorden echter een snelle dood in zijn keel sterven. Geen enkele advocaat op deze wereld, hoe briljant ook, zou hem van deze aanklacht kunnen vrijpleiten. Hij stond op, rechtte zijn rug en keek voor de laatste keer naar het betoverende beeld van New Orleans in de avond. Net als Madison en Tyler had ook hij gegokt en verloren.

Terwijl Brundle hem de handboeien omdeed, stopte Collins de foto’s terug in de envelop. Toen ze gezamenlijk naar de deur liepen, tikte hij op de envelop en keek Landon grijnzend aan.

‘Big brother is watching you. Van alle mensen in Louisiana had juist u dat als geen ander moeten weten.’

Lees nu ook alvast een fragment uit

Winternacht

van Suzanne Vermeer

ISBN paperback: 978 94 005 0842 2
ISBN e-book: 978 90 449 7610 6
ISBN audioboek: 978 90 461 7143 1

Proloog

De met bont gevoerde schoenen zakken zeker tien centimeter weg in de sneeuw. De vrouw die ze draagt kiest haar route zorgvuldig, zoals ze dat altijd doet. Er is vannacht weer een flink pak gevallen en nog steeds dwarrelen dikke vlokken uit de grauwe lucht naar beneden. Als vrolijke dansmariekes draaien ze wilde rondjes, aangejaagd door de gure wind. De gevoelstemperatuur tikt de min vijftien graden Celsius aan. Bomen kreunen en takken kraken onder het gewicht van de massieve witte poederlaag. De vrouw hoort het niet. Ze zit gevangen in de stilte. Ze drukt het kinderlijfje onder haar jas nog eens stevig tegen zich aan in de hoop dat haar lichaam het genoeg kan verwarmen. 'Bijna, kleintje, we zijn bijna thuis. Kijk, we kunnen de rook uit de schoorsteen al zien.' Ze wijst naar het traditionele Canadese *log home*, opgebouwd uit hele stammen van rood cederhout die hun oorspronkelijke vorm hebben behouden. Haar grootvader heeft ze stuk voor stuk met de hand ontdaan van de bast en bewerkt tot de stevige constructie die het vandaag de dag nog steeds is. Het huis ligt verscholen tussen de esdoorns en cederbomen. Het is een van de vele gedoogde bouwwerken in Gatineau Park.

De vrouw loopt al een tijdje in een keurige rechte lijn, maar wijkt plotseling uit naar rechts. Hoewel op de weg geen obstakels te zien zijn, weet ze dat die er wel degelijk zitten. Verborgen onder de sneeuw zitten de grillige, uitstekende wortels van een boom die een paar jaar geleden is bezweken door een storm. Ze loopt er ruim omheen en blaast op het fluitje dat om haar hals hangt. Als een komeet komt een husky aangerend, om het laatste stukje tot aan het houten huis keurig met haar mee te lopen. Vroeger woonde ze er met haar ouders en sinds hun dood is de husky haar enige gezelschap. Tot vandaag. Ze drukt het kind nog eens tegen zich aan en ziet dat de hond onrustig wordt en bij haar wegloopt. Ze draait zich om en volgt Angel met haar ogen. Speurt de omgeving af, maar er is niets te zien. Ze haalt haar schouders op en draait zich om om de laatste paar honderd meter naar het huis te overbruggen.

Plotseling krijgt ze vanuit het niets een zet in haar rug. Ze struikelt naar voren en valt bijna, maar weet zich nog net staande te houden. Iemand probeert haar van achteren aan te vallen! Zonder na te denken haalt ze uit met haar vuist. Ze moet het kind beschermen. Haar aanvaller laat haar los en valt op de grond, en Abigail zet het op een rennen. Zo hard als ze kan, terwijl het kind heen en weer schudt in haar armen. Bij het huis aangekomen trekt ze een handschoen uit, haalt de ketting met de sleutel van haar nek en laat de andere met het fluitje hangen. De houten deur opent krakend. De hond glipt langs haar heen en ze geeft de deur een zet met haar voet en doet hem dan vanbinnen op slot. Meteen loopt ze door naar de slaapkamer, zonder acht te slaan op de natte sporen die ze achterlaat op het bruine kleed. De houtkachel brandt nog en verspreidt een aangename droge warmte. Voorzichtig knoopt ze haar jas open en legt het kind op bed. Ze bekijkt het in stilte. Streelt dan zachtjes over de lippen met de kleur van blauwe bessen. Ze blaast eroverheen tot ze draaierig wordt, maar de oorspronkelijke roodroze kleur komt niet terug. Teleurgesteld beseft ze dat haar warme adem niet genoeg leven bevat. Ook de ogen met ragfijne wimpers blijven gesloten, de bleke wangen voelen ijzig koud aan. Ondanks haar natte donkerblonde haren ziet het meisje er vredig uit, alsof ze slaapt. Een miniatuur-Sneeuwwitje, wachtend tot iemand haar wakker maakt.

1

10 januari

De jonge vrouw had een onzekere, angstige blik in haar donkere ogen en keek schichtig over haar schouder naar de deur die achter haar werd gesloten. Het was de gebruikelijke reactie van iedere nieuwe cliënt bij een eerste behandeling. Traumatherapeut Karin ter Duin stak haar hand uit en de vrouw pakte hem aarzelend vast. Haar hand was klam, de handdruk extreem slap. Alsof de vrouw geen kracht meer had om zichzelf aan de wereld te laten zien en het liefste weg zou kruipen onder de grond.

‘Daniëlle, wat goed dat je er bent. Ik ben Karin.’ Ze keek de vrouw recht aan met haar blauwe ogen. Kneep haar vervolgens bemoedigend in haar hand en liet hem toen los. ‘Kom, ga lekker zitten, dan schenk ik wat te drinken voor je in. Koffie, thee, iets fris?’

‘Koffie. Zwart graag,’ antwoordde de vrouw met de zachte krakerige stem van iemand die niet veel praat.

Karin trok het elastiek in haar bruine haren strak, schonk twee koppen koffie in en ging achter haar bureau zitten. De spijkerstof van haar skinny jeans schuurde tegen haar huid. Ze werkte bewust met een bureau tussen haar en de cliënten, omdat ze had gemerkt dat de mensen die hulp bij haar zochten zich veilig voelden achter de fysieke buffer. Het was een object waar ze niet alleen letterlijk steun bij konden zoeken of hun handen onder konden verbergen, maar waar ze zich ook gevoelsmatig achter konden verschuilen. Ze stroopte de mouwen van haar grof gebreide beige kabeltrui wat op en stak van wal.

'Goed, ik ben dus Karin en ik ben gespecialiseerd in het helpen van mensen met trauma's zoals jij. In deze kamer ben je volkomen veilig en kan niemand je wat doen. Alles wat je binnen deze muren vertelt, blijft tussen jou en mij, en mocht ik het nodig vinden om het advies van een collega in te roepen, dan zal ik dat nooit doen zonder toestemming van jou.'

Ze keek de vrouw recht aan. Heel even stond ze oogcontact toe, om vervolgens weer naar beneden te kijken.

'Begrijp je dat?'

'Zou de deur misschien op slot mogen? En de gordijnen dicht?'

'Natuurlijk.' Karin stond op en deed wat haar werd gevraagd. 'Zullen we dan maar gewoon beginnen?' Ze glimlachte. 'Je bent naar mij verwezen omdat je in je woning bent overvallen en de trauma's die je daarbij hebt opgelopen belemmeren je in je dagelijks leven. Kun je me misschien vertellen welke problemen je ervaart?'

De vrouw begon te huilen en Karin liet haar begaan totdat ze weer in staat was om te praten.

'Ik ben zo bang. Ik durf de straat niet meer op zonder dat er iemand met me meegaat. Ik doe 's nachts geen oog meer dicht. Als ik soms toch even in slaap val, dan heb ik de vreselijkste nachtmerries waarin ik alles opnieuw beleef. Dan voel ik weer dat mes op mijn keel. Van elk geluidje zit ik rechtop in mijn bed. Ik loop tig keer per nacht naar beneden om alle sloten en ramen te controleren. Ik heb zelfs tralies voor mijn ramen laten maken!' De angst in haar stem sloeg om in woede. Haar lijf verkrampte en haar kaken verstrakten. 'Ik wil hem doodmaken. Hij heeft me mijn leven afgenomen en nu wil ik hetzelfde bij hem doen.'

'Hij is niet opgepakt, hè?'

'Nee. Hij droeg een bivakmuts, dus ik kon hem niet identificeren. En alles speelde zich ook in het donker af. Ik heb geprobeerd die muts van zijn kop te trekken, maar hij was zo sterk. Ik maakte geen enkele kans. Hij sloeg me zo hard dat mijn oogkas brak.'

Karin zocht opnieuw oogcontact met de vrouw, maar ze had het niet door. Ze staarde voor zich uit terwijl ze haar verhaal vervolgde.

'Bij iedere vreemde man die naar me kijkt, denk ik dat hij het is. Dan wil ik zijn ogen uitkrabben. Elke vreemde stem lijkt op die van hem. Ik ben bang dat hij me in de gaten houdt, me achtervolgt, weer terugkomt. Ik verdenk zelfs collega's op mijn werk. Ik ben er pas een aangevlogen omdat hij bij het kopieerapparaat ineens achter me stond. Dat trek ik gewoon niet.'

'Je baas en die collega hebben beloofd er geen werk van te maken als je hulp zou zoeken, hè?'

De vrouw knikte. 'Ja, dat is best tof van ze. Elke keer als zoiets gebeurt, besef ik wel dat het geen normale reactie is, maar ik heb het niet onder controle; het gebeurt gewoon. Ik krijg een waas voor mijn ogen en ben helemaal van de wereld. Vaak kan ik me niet eens herinneren wat ik precies heb gezegd of gedaan. Soms ben ik bang dat ik gek ben geworden. Dat die klap op mijn kop een permanente verstoring in mijn hersenpan heeft veroorzaakt.'

'Heb je laten onderzoeken of er blijvende schade is?'

'Ik heb een hersenscan gehad, maar daar is niks uitgekomen. Nu ben ik bang dat die artsen iets over het hoofd hebben gezien.'

'Je bent niet gek, Daniëlle.'

'Hoe weet u dat nou? U hebt me amper vijf minuten gesproken.'

'De reacties die je hebt, zijn heel normaal na de traumatische ervaring die je hebt gehad. Het zou pas raar zijn als je er helemaal niets aan over had gehouden en weer gewoon was doorgegaan met je leven.'

'Dus ik ben niet gek?'

'Absoluut niet.'

'Ik ben zo blij dat u dat zegt.' Ze begon weer te huilen.

‘En ik ga je helpen om je leven weer op de rails te krijgen.’

‘Is dat dan mogelijk?’

‘Ja, dat is mogelijk. Ik zeg niet dat het makkelijk is, je zult er zelf ook hard voor moeten werken, maar ik weet zeker dat jij en ik het samen weer leefbaar krijgen voor je.’

‘Maar hoe dan?’

‘Heb je weleens van EMDR gehoord?’

‘Nee.’

‘EMDR staat voor Eye Movement Desensitization and Reprocessing. Dat klinkt heel ingewikkeld, maar het is niets anders dan een therapievorm die helpt om je als het ware te herprogrammeren. Het is een manier om negatieve gevoelens die gekoppeld zijn aan nare herinneringen en gebeurtenissen te neutraliseren, waardoor terugdenken aan de gebeurtenis steeds makkelijker wordt en je die uiteindelijk een plek kunt geven in je leven. We kunnen de gebeurtenis zelf niet wegpoetsen of ongedaan maken, maar we kunnen er met deze therapie wel voor zorgen dat die je leven niet meer in die hevige mate verstoort. Ik denk dat dit heel goed voor jou zou kunnen werken.’

‘Dan wil ik het wel proberen. Ik wil mijn leven terug.’

‘Oké, laten we dan maar meteen beginnen. Ik wil je vragen om terug te denken aan het moment dat je wakker werd en die inbreker ineens in je kamer stond. Terwijl je daaraan denkt, wil ik dat je met je ogen mijn wijs- en middelvinger volgt, die ik heel snel heen en weer ga bewegen voor je gezicht.’

Daniëlle knikte zenuwachtig en greep de armleuningen van de stoel vast waar ze op zat.

‘Ga maar terug in je herinnering en vertel me wat je ziet. Vergeet niet mijn vingers te blijven volgen, wat er ook gebeurt.’

2

Het licht van straatlantaarns reflecteerde op de witte laag sneeuw en hulde de straat in een spookachtige gloed. In het aangrenzende park liep een man met een lange jas en een hoed. Zijn hond plaste tegen de lantaarnpaal die al weken kapot was.

Karin stuurde haar auto naar de lege parkeerplaats voor het huis van haar ouders. Het asfalt was glad van de platgereden sneeuw en de banden verloren kort hun grip voordat de auto tot stilstand kwam. Ze zette de motor uit en schakelde naar de eerste versnelling. Geen handrem. Ze zag ertegen op om de warme auto te verlaten. Niet omdat ze de kou buiten vreesde, maar omdat ze nerveus was voor wat ging komen. Haar moeder had raar geklonken aan de telefoon toen ze Karin vroeg om vanavond nog even langs te komen.

'Kan dat niet een andere keer, mam? Sam ligt eindelijk in bed en ik zit net met een wijntje op de bank.'

'Wijn kun je hier ook krijgen.'

'Het was een lange dag, mam, morgen moet ik weer vroeg op en waar haal ik in godsnaam ad hoc een oppas vandaan?'

'Zet een babyfoon neer bij Hinke, dat vindt ze vast niet erg.'

Haar moeder doelde op haar buurvrouw en goede vriendin Hinke van der Veen, die wel vaker een avondje op Sam paste. Hij was net als zijzelf dol op de vrolijke doktersassistente wier lange blonde haren bijna tot haar middel reikten.

'Maar...'

'Tot zo, Karin, fijn dat je komt.' De verbinding werd verbroken.

Normaal gesproken had Karin geen moeite met de doortastendheid van haar moeder. Sterker nog, ze was er trots op dat ze die van haar had geërfd. Maar vanavond was ze moe, wilde ze een beetje netflixen met een wijntje en een borrelnootje en zeker de kou niet meer in. Maar na de eerste ergernissen, kwam de ongerustheid. Haar moeder had aangeslagen geklonken en het was onmogelijk om het trillen van haar stem niet op te merken. Er was duidelijk iets aan de hand wat niet over de telefoon besproken kon worden. Ze had zich de hele weg hiernaartoe suf gepiekerd en het ene na het andere rampscenario de revue laten passeren. Uiteindelijk was ze blijven steken bij verwoestende ziektes als kanker en alzheimer. Haar moeder of haar vader was ernstig ziek, dat kon niet anders.

Karin staarde naar het huis van haar ouders. Het beige rolgordijn dat al voor het keukenraam hing toen ze nog thuis woonde, werd een stukje opzijgeschoven. Ze ving een glimp op van het bleke gezicht van haar moeder. Ze was gezien. Het onvermijdelijke kon niet langer uitgesteld worden, de voordeur ging al open. Hand in hand stonden haar ouders haar op te wachten. Hun gezichten ernstig en grauw in het licht van de hal. Karins hart sloeg een slag over.

'Wie is het, jij of papa? Is het kanker?'

Haar moeder liet haar vaders hand los en trok haar zachtjes naar binnen. 'Niet aan de deur.'

Karin stapte naar binnen en liep achter haar ouders aan naar de woonkamer.

'Kom op, wat is het? Borstkanker? Prostaatkanker? Toch geen darmkanker, hè? Kom op, pap, je weet als arts inmiddels toch wel hoe je een slechtnieuwsgesprek moet voeren?'

'Dat is het niet. Met ons is niets aan de hand.'

'Wat is het dan? Jullie kijken of er iemand dood is.'

'Ga even zitten, dan schenk ik eerst iets in.' Haar moeder verdween naar de keuken en haar vader volgde gedwee. Het viel Karin op hoe krom hij liep, alsof hij een enorme last met zich meedroeg. Het was gekmakend dat ze niet gewoon vertelden wat er aan de hand was. Ongeduldig wachtte ze tot de wijn en de toastjes met brie op tafel stonden en haar ouders tegenover haar plaats hadden genomen in hun relaxfauteuils. Het afgeleefde bruine leer kraakte onder hun gewicht.

'We weten niet zo goed hoe we je dit moeten vertellen, Karin...'

'Nou, gewoon bij het begin beginnen zou ik zeggen?' Ze forceerde een lach en pakte haar wijnglas.

'Je bent geadopteerd.'

Karins arm bevroor in de lucht. Het volle glas wijn viel uit haar hand en sloeg kapot op de glazen salontafel. Scherven spatten alle kanten op, maar daar merkte Karin niks van. Verbijsterd keek ze haar ouders aan.

'Wat? Wat zeg je?' wist ze na enige tijd uit te brengen. 'Mam?'

'Wij zijn niet je echte ouders.'

'Als dit een grap is, dan is het wel een heel slechte.'

'Nee, het is geen grap,' verzuchtte haar vader. 'Echt niet.'

'Maar... hoezo? Dat, dat slaat helemaal nergens op. Dat kan helemaal niet.' Karin sprong op en rende naar het dressoir. Ze pakte haar babyalbum eruit en sloeg het open. 'Hier, kijk dan. Dat ben ik met jou, mam. Hooguit een paar weken oud. Kijk eens hoe klein ik ben.'

'Ja, dat klopt, dat ben jij. Maar...'

'Heb je je nooit afgevraagd waarom je geen broertje of zusje hebt?' vroeg haar vader.

'Nee, daar is toch niks raars aan? Er zijn wel meer gezinnen met één kind. Ik ben zelf een ouder met één kind.'

'Je vader en ik konden geen kinderen krijgen.'

'Maar ik heb jouw haarkleur en ogen en papa's neus.'

'Karin! Lieve schat, luister!' Haar moeder barstte in huilen uit.

Karin keek haar geschrokken aan. 'Jullie menen het echt,' fluisterde ze.

Haar vader liep naar haar toe en pakte haar beide handen vast. Zijn ogen waren vochtig. 'Kom, laten we even gaan zitten.'

Alle energie vloeide uit haar lijf, samen met alles waar ze ooit in geloofd had.

'We hebben bij je adoptie een geheimhoudingsverklaring moeten tekenen. Wij hebben ons daar altijd aan gehouden, hoe moeilijk we dat ook vonden. De andere partij heeft door omstandigheden het zwijgen echter verbroken en is op zoek gegaan naar jou. We werden twee dagen geleden gebeld door je broer.'

'Mijn broer? Heb ik een broer?'

'Jullie vader is ernstig ziek en wil je graag zien voordat hij sterft.'

'We hebben besloten de keus aan jou te laten.'

'Wauw. O, wauw. Ik weet even niet wat ik moet zeggen.' Ze stond op. Haar benen trilden. 'Alles waarin ik geloofde... is gelogen?'

'Aan onze liefde voor jou is niets gelogen. We hebben je altijd beschouwd als ons eigen kind en je ook op die manier behandeld. In die zin verandert er niets.'

'Hoezo? Alles verandert. Heel mijn leven staat op z'n kop, althans zo voelt het.'

'We begrijpen dat je tijd nodig hebt om dit te verwerken... Die tijd moet je ook nemen en wij zullen er alles aan doen om je daarbij te ondersteunen.'

'Sorry hoor, maar dit soort gesprekken voer ik dagelijks met mijn getraumatiseerde cliënten en ik heb echt wel meer dan een beetje tijd nodig. Vijfendertig jaar lang heb ik gedacht dat jullie mijn ouders waren en ik had geen enkele reden om daaraan te twijfelen, en nu blijkt dat ineens... een fabeltje te zijn geweest.'

Haar moeder, als ze haar nog zo zou kunnen noemen, liep naar haar toe en probeerde een hand op haar schouder te leggen. Ze wist niet of ze hem van zich af wilde schudden of juist niet. Daarom bleef ze maar stokstijf staan. Haar nagels maakten pijnlijke afdrukken in de palm van haar handen.

'Het spijt ons, lieverd.'

'Ik dacht echt dat een van jullie kanker of een andere rotziekte had. Ik ben opgelucht dat dat niet zo is, maar dit... allejezus... dit maakt me ook niet bepaald gelukkig.'

Ze liet een korte stilte vallen en koos toen haar woorden zorgvuldig. Uiterst kalm zei ze: 'Ik denk dat het beter is als ik nu naar huis ga. Ik ben te emotioneel om dit gesprek te voeren. Ik moet hier eerst in volledige rust over nadenken.'

'Dat begrijpen we. Realiseer je wel dat je biologische vader niet lang meer te leven heeft. Als je hem nog wilt zien, dan kun je daar niet te lang mee wachten. Hij verblijft in een ziekenhuis in Ottawa.'

'Ottawa? Was hij daar op vakantie toen hij ziek werd?'

'Je vader is Canadees. Je broer ook.'

'Serieus? Canadees? Is er nog meer dat jullie niet hebben verteld?'

Haar vader wilde iets zeggen, maar ze legde hem het zwijgen op. 'Nee, laat maar, ik geloof dat ik even niet meer informatie aankan. Ik moet dit eerst laten bezinken. Ik neem wel contact op met jullie als ik er klaar voor ben.'

Ze gaf de mensen die ze altijd als haar ouders had beschouwd een vluchtige kus en rende met een betraand gezicht naar de voordeur van het huis dat tot die avond altijd haar veilige basis was geweest. De plek waar ze was opgegroeid, met vriendjes en vriendinnetjes had gespeeld, liefdesverdriet had gehad, haar eigen identiteit had ontwikkeld.

Maar niets was meer zoals het ooit was geweest.

3

Een week eerder, 3 januari

Het klittenband maakte een scheurend geluid toen Hailey Clark de bloeddrukband verwijderde bij de hoogzwangere vrouw in het bed. 'Keurig, tachtig over honderdtwintig,' sprak ze in Engels met een Frans accent dat ze had overgehouden aan haar tijd in Quebec. Ze noteerde de waardes in de status van de patiënte die aan het voeteneind van het bed hing. 'Kan ik verder nog iets voor u doen?'

'Hebt u een pilletje tegen de verveling?'

'Helaas. Daar is nog geen medicijn voor uitgevonden.'

'Het duurt allemaal zo lang. Ik ben dat liggen zo zat.'

'Nog even volhouden. Als de baby geboren is, zult u af en toe terugverlangen naar deze rustige momenten.'

Hailey klopte de vrouw bemoedigend op haar schouder en verliet de kamer. Het viel haar steeds zwaarder om te werken met zwangere vrouwen. Soms verloor ze haar geduld met de klagers die de hele dag lagen te kreunen en steunen. Alsof zwangerschap een ziekte was. Vermoeid masseerde ze haar slapen om de opkomende hoofdpijn tegen te gaan. Haar dienst op de kraamafdeling van het General Hospital in Ottawa zat er eigenlijk drie uur geleden al op, maar het afdelingshoofd had haar gesmeekt een paar uur langer door te werken toen een collega met spoed naar huis moest voor een onverwachts sterfgeval in de familie. Sputterend had ze ingestemd. Door ziekteverzuim en personeelstekort begon overwerk meer regel dan uitzondering te worden.

Op de grote klok die in de gang hing, zag ze dat het tegen zessen liep. Ze liep naar haar locker, schopte haar witte klompen uit en verwisselde haar ziekenhuiskleren voor een spijkerbroek en een crèmekleurige dikke trui. Jonas zou wel bezig zijn met de afhandeling van patiëntenmail en het bekijken van uitslagen. Misschien kon ze hem overhalen om vandaag iets eerder te stoppen en met haar uit eten te gaan. Hij had zich vandaag alleen tijdens de patiëntenbespreking even op de afdeling vertoond. Het visitelopen had hij net als vorige week overgelaten aan de zaalarts. Op vrijdag begon zijn poli altijd om tien uur en hem kennende was hij voor die tijd nog even langsgegaan bij zijn vader op de longafdeling.

Sinds de diagnose eindstadium longkanker was geconstateerd, bracht Jonas elke vrije minuut bij zijn vader door. Het was Hailey niet ontgaan hoe zwaar het hem viel en hoe zorgelijk zijn gezicht ook vandaag weer stond toen hij haar in het voorbijgaan even kort in haar hand had geknepen. Ze snapte heel goed dat zijn aandacht nu naar zijn vader uitging, maar het viel haar zelf ook zwaar. Het was alweer weken geleden dat ze echt een hele avond en nacht met zijn tweeën hadden doorgebracht, en ze miste hem.

Vanaf het moment dat ze Jonas ontmoet had, ruim een jaar geleden, had ze geweten dat hij voor haar de ware was. In eerste instantie had hij terughoudend op haar geflirt gereageerd, maar ze had niet opgegeven en uiteindelijk was hij gezwicht.

'Het is tegen mijn principes om met een collega te daten,' had hij tussen hun eerste zoenen in de parkeergarage door gemompeld.

'Soms, heel soms moet je je principes overboord gooien,' had ze gefluisterd terwijl haar lippen zachtjes zijn wang streelden tot ze zijn mond weer hadden gevonden.

'Is uw nachtdienst al voorbij, zuster?' had hij plagend gevraagd.

'Ik wil best een paar uur overwerken, dokter.'

Toen had hij haar meegenomen naar zijn huis.

De volgende ochtend had ze tien gemiste oproepen van haar bezorgde zus Dawn, met wie ze een huis deelde in Ottawa, vlak bij het ziekenhuis. De berichten die Dawn had ingesproken werden steeds korter en dringender. Het laatste was: 'Je hebt nog een halfuur voordat ik een auto stuur om je te zoeken.' Net op tijd had ze kunnen voorkomen dat haar zus haar dreigement ook daadwerkelijk uitvoerde.

Hailey glimlachte bij de gedachte aan haar eerste nacht met Jonas. Het werd tijd dat ze hem uit zijn spreekkamer plukte voor wat ouderwets vertier. Ze sprayde wat deodorant onder haar oksels, pakte haar tas en sloot haar locker. Toen ze naar de klapdeuren liep om de afdeling te verlaten, kwam de collega die haar dienst had overgenomen aanrennen.

'Hailey, sorry, maar ik zit met een probleempje. Het infuus van mevrouw Chan is eruit en het lukt me niet om een nieuwe te geven. Zou jij het alsjeblieft willen doen? Bij jou is het altijd meteen raak.'

Hailey zuchtte en liep met haar mee terug naar de patiëntenzaal.

'Sorry, ik weet dat je er al een lange dag op hebt zitten, maar je bent gewoon de beste prikker die we hebben.'

De lift zoefde soepel van de kraamafdeling naar de begane grond, waar de poliklinieken zich bevonden. Meteen toen de deuren opengingen, stak Hailey haar neus naar buiten om te ontsnappen aan de walgelijke mix van verschaalde sigaretten, oud zweet en restjes parfum die in de lift hing. Ze groette de gynaecoloog met wie Jonas de maatschap deelde, sloeg de gang in naar zijn kamer en hield toen abrupt halt.

Jonas stond voor zijn kamer en had de handen vast van Katy Tremblay. De getróúwde handen van Katy Tremblay. Met open mond sloeg Hailey het tafereel gade. De twee gingen zo in elkaar op dat ze niet eens in de gaten hadden dat ze werden geobserveerd.

'Stoor ik?' Haar stem schalde luid door de verder lege gang.

Als door een wesp gestoken trok Jonas zijn handen los.

'Hailey. *Hi*. Wat doe jij nog zo laat in het ziekenhuis? Liep je dienst niet om drie uur af?'

'Ik moest weer eens overwerken,' antwoordde ze, terwijl ze op hen afliep, 'en wilde je verrassen met een etentje. Maar ik zie dat je andere plannen hebt?'

Katy deed een stap achteruit toen Hailey haar kant opkeek. 'Het is niet wat je denkt, Hailey. Gewoon twee oude vrienden onder elkaar.'

'Natuurlijk. Wat zou het anders zijn?' zei ze. 'Toch, Jonas?'

'Wat Katy zegt. Twee oude vrienden die elkaar toevallig tegenkwamen.'

'Nou, dat is leuk voor jullie. Toevallig. Kunnen jullie mooi herinneringen ophalen aan die goeie ouwe tijd.'

Jonas en Katy deden er het zwijgen toe.

'Niet?'

Katy bestudeerde intensief de punten van haar schoenen, terwijl Jonas leek te overwegen wat het beste antwoord was. 'Inderdaad, niets meer en niets minder,' zei hij uiteindelijk.

'Toen jullie verkering hadden.'

'Hailey, dat was jaren geleden,' verzuchtte Jonas. 'Een blauwe maandag op *high school*.'

'Ik hou van mijn man, Hailey, mocht je daaraan twijfelen. Jonas en ik passen niet bij elkaar. Daar zijn we al heel lang geleden achter gekomen.'

Hailey keek weg. 'Nou, jullie handen passen kennelijk nog wel heel goed bij elkaar.'

Geen van tweeën reageerde hierop en een tijdje zei niemand wat.

'Nou, dan ga ik maar,' verbrak Katy uiteindelijk de stilte. 'Dag Jonas.' Ze boog haar hoofd en draaide zich om.

'Ja, dag. Doe de groeten aan je mán en kinderen, hè?' kon Hailey niet nalaten te zeggen.

Toen Katy uit het zicht was, trok Jonas Hailey naar zich toe en gaf haar een kus op haar voorhoofd. Ze weerde hem af.

'Toe nou schatje, er is echt niets aan de hand. Katy had het even moeilijk en ik heb geprobeerd haar te troosten.' Het was duidelijk dat hij zich heel ongemakkelijk voelde.

'Is dat niet de taak van haar man?'

'Soms is het juist fijn om met iemand te praten die meer op afstand staat.'

'Het zag er niet bepaald afstandelijk uit.'

'Dat zit echt in je hoofd, schatje. Er is maar één vrouw die dichtbij mag komen en die staat nu voor me.' Hij deed een nieuwe poging om haar te kussen. Deze keer stond ze het toe.

'Waar had Katy het dan zo moeilijk mee?'

'Je weet dat ik mijn beroepsgeheim heel serieus neem. Dingen die me in vertrouwen worden verteld, zal ik nooit met derden delen. Kom.' Hij trok haar mee zijn spreekkamer in en hing zijn witte jas aan het haakje naast de deur. 'Ik sluit mijn computer af, ga nog even naar de wc en dan gaan we eens even flink uit eten. Jij en ik.'

'Ben je al bij je vader geweest?'

'Ja, vanmiddag. Ik heb naast zijn bed geluncht.'

'Hoe was het met hem?'

'Hij krijgt het steeds benauwder. Ik verwacht dat hij het niet lang meer volhoudt.'

'Wat wil dat zeggen?'

'Ik denk dat we praten over hooguit nog enkele weken. Hij begint het op te geven en als het koppie niet meer meewerkt, dan gaat het vaak hard.'

'Kan hij zich er een beetje bij neerleggen?'

'Moeilijk. Maar ik zie wel meer berusting bij hem dan een week geleden. We praten veel en dat is heel verhelderend. Ik heb het gevoel dat ik hem nu pas echt leer kennen.'

'Waar praten jullie over, of valt dat ook onder je beroepsgeheim?'

Jonas verstarde.

'Sorry, dat was ongepast.'

Hij knikte kort, aarzelde even, maar antwoordde toen toch.

'Over vroeger, mijn moeder. Over die vreselijke dag dat ze doodging. En over...'

Hij maakte zijn zin niet af en staarde voor zich uit. De stilte leek een eeuwigheid te duren.

'Over wat?' vroeg Hailey.

Niets.

'Jonas, over wat?'

'Niet wat. Wie.'

'Over wie dan?'

'Over... over mijn zus.'

'Je zus? Welke zus?'

'De enige zus die ik ooit heb gehad.'

'Maar... ik snap het niet. Die is toch dood? Samen met je moeder gestorven in het kraambed?'

'Ja, dat heb ik altijd gedacht, maar dat blijkt toch net even anders te liggen. Mijn vader heeft, zo is mij nu duidelijk geworden, haar als baby ter adoptie aangeboden.'

'Waarom?'

'Kennelijk zag hij het niet zitten om naast zijn werk ook nog twee kinderen in zijn eentje op te voeden.'

'En jij mocht blijven.'

'Yep, lucky me.'

'Hoe lang weet je dit al?'

'Een paar dagen.'

'Waarom heb je me dan niks verteld?'

'Weet ik niet. Ik denk dat ik wat tijd nodig had om het tot me door te laten dringen.'

'En nu?'

'Hij wil haar zien.'

'Serieus? Na al die jaren? En jij, wil jij haar ook ontmoeten?'

'Ja, eigenlijk wel. Ik heb altijd al een zus willen hebben.'

'Weet hij waar ze is?'

'In Nederland. Hij heeft me het telefoonnummer gegeven van haar adoptieouders.'

'Heb je al gebeld?'

'Nee. Maar dat ga ik wel doen. Ik mag de laatste wens van een stervende man niet negeren.' Jonas' computer stopte met zoemen.

'Heeft hij je iets verteld over je zus?'

'Ik weet dat ze vijfendertig jaar oud is en Karin heet. Dat is alles.'

'Dat is me wat je noemt een familiegeheim.'

Jonas keek haar aan en forceerde een glimlach. 'Zullen we het hier een andere keer over hebben? Vanavond wil ik alleen maar praten over ons.'

'Goh, toevallig, dat was exact wat ik ook in mijn hoofd had.' Ze glimlachte. 'We hebben heel wat te bespreken.'

'Ik ga gauw nog even naar de wc, dan kun jij alvast bedenken waar je wilt gaan eten.'

Hailey keek Jonas na toen hij de kamer uit liep. De afgelopen weken was het gesleep met zijn rechterbeen erger geworden. Ze liep naar het raam en staarde naar buiten. Op de parkeerplaats krioelde het van de mensen en wegrijdende auto's. Haar oog viel op Katy Tremblay, die het parkeerterrein op kwam lopen, op zoek naar haar auto. Katy Tremblay, die zojuist een onderonsje had gehad met Jonas. En Jonas kon wel beweren dat er niets aan de hand was, maar zo had het er niet uitgezien. Wat moest Katy van Jonas? Ze was getrouwd!

Hailey hoorde Jonas weer binnenkomen en draaide zich langzaam om.

'En, welk restaurant wordt het?' Hij keek haar aan met die mooie blauwe ogen van hem.

'Ik kan niet kiezen, beslis jij maar.' Ze liep langs hem heen de kamer uit.

'Zal ik doen,' mompelde hij terwijl hij zijn kamer afsloot.

4

15 januari

'We zijn blij dat je ons gebeld hebt, Karin. We zijn meteen gekomen.' Frans en Lilly ter Duin stonden een beetje onbeholpen in haar woonkamer.

'Koffie?' vroeg ze luchtig.

'Graag.'

Karin verdween naar de keuken, schonk drie dampende koppen vol en bracht ze naar de kamer. 'Suiker en melk staan op tafel.'

'Waar is Sam?'

'Speelt bij een vriendje van school en blijft daar ook logeren.'

'Had je vrij van je werk vandaag?'

'Nee, ik heb me al een paar dagen ziek gemeld.'

'Dat snappen we. We begrijpen dat je wereld behoorlijk op zijn kop staat door wat we je hebben verteld.'

'Ik denk niet dat iemand kan begrijpen wat ik momenteel doormaak. Mijn wereld staat niet op zijn kop: ik heb op dit moment even geen wereld meer. Alles waar ik in geloofde, alles wat ik dacht te zijn, is aan het wankelen gebracht.'

'Sorry dat ik het zeg, maar ik denk dat dat iets te zwart-wit gedacht is, meisje. Alle liefde die we je gegeven hebben, alle normen en waarden die we je hebben bijgebracht, dat was honderd procent puur en echt. Technisch gezien zijn we niet je biologische ouders, maar hier, hier wel.' De man van wie ze haar hele leven had gedacht dat hij haar vader was, klopte met zijn vuist op zijn hart terwijl de tranen hem in de ogen sprongen.

'Je moeder en ik hebben altijd alles met de beste bedoelingen gedaan. Als we de plank hebben misgeslagen, dan spijt ons dat oprecht, maar weet dat we het niet bewust hebben gedaan. We moesten ons houden aan die geheimhoudingsafspraak die we hadden ondertekend op verzoek van je biologische vader. We moesten zijn wens respecteren om de adoptie rond te krijgen. Daar hadden we werkelijk alles voor over. Vanaf het allereerste moment dat we je zagen, waren we verkocht.'

'Hebben jullie geld voor me betaald?'

'Hè, wat? Nee, hoezo?'

'Laat maar. Hoe zijn jullie met mijn biologische vader in contact gekomen?'

'We hebben je weleens verteld dat we een paar jaar in Canada hebben gezeten, toch? Je vader volgde daar de opleiding tot klinisch biochemist en hij kreeg een werkervaringsplaats aangeboden in het General Hospital in Ottawa. Hij werkte daar veel samen met de afdeling Hematologie en leerde daar je echte vader kennen.'

'Werkte hij daar?'

'Ja, als arts. Ik had het erg zwaar in die periode. Na een moeizaam traject van allerlei onderzoeken hadden we te horen gekregen dat je vader en ik geen kinderen konden krijgen. We waren er kapot van. We wilden allebei zo graag een kind. Je vader had zijn werk waar hij zich op kon storten, maar ik had alleen mijn verdriet en sombere gedachten. Ik werd steeds depressiever en je vader zag me afglijden. Het hoofd van de afdeling Hematologie, jouw echte vader, verloor in die tijd zijn vrouw vlak na de bevalling van hun dochter. Dat was jij.'

'Dus mijn echte moeder is dood?'

'Ja, het spijt me. Complicaties bij de bevalling.'

'Dus ik heb er een moeder bij, maar verlies haar ook meteen weer.'

'We zouden willen dat we een mooier verhaal voor je hadden, maar je hebt na al die tijd recht op de waarheid.'

'Vertel verder.' Karin spoelde de brok in haar keel weg met

een slok gloeiend hete koffie en verwelkomde de pijn in haar slokdarm.

'Alan was kapot van Paulettes dood en hij vertrouwde me toe dat hij zeer serieus overwoog om zijn pasgeboren dochtertje ter adoptie aan te bieden. Hij dacht dat hij het niet aan zou kunnen om een kopie van zijn vrouw te zien opgroeien. De enige manier voor hem om ermee om te gaan, was proberen alles wat er gebeurd was te vergeten.'

'Vergeten? Zoiets kun je toch niet vergeten?'

'Nee, dat kan ook niet. Dat weet jij als traumatherapeut als geen ander.'

'Waarom heeft hij geen hulp gezocht?'

'Dat soort dingen deed je niet in die tijd. Daar rustte toen echt nog een taboe op. De schaamte naar de buitenwereld was groot. Je vader had een heel goede reputatie...'

'Dus zijn reputatie was belangrijker dan omstandigheden creëren waarin hij wel voor zijn eigen dochter kon zorgen?'

'Zo was het ook niet helemaal. Hij wilde dat zijn dochter zou opgroeien met een vader én een moeder. Hij was er echt van overtuigd dat het in jouw belang was, dat hij een betere plek voor je zocht. Die betere plek werden wij, onder voorwaarde dat we het er nooit over zouden hebben en dat je moeder en ik weer terug zouden gaan naar Nederland.'

'Je vader heeft zijn carrière daar opgegeven voor jou, Karin.'

'En dat is een offer dat ik met hart en ziel heb gebracht.'

'Maar wacht even, als ik Canadese ben, waarom staat dat dan niet in mijn paspoort?'

'We hebben ons altijd zo min mogelijk bemoeid met de administratieve afwikkeling. Alan was in die tijd een man met veel aanzien en kreeg veel voor elkaar, laten we het daar maar op houden.'

'Ik heb dus een sjoemelpaspoort?'

Frans en Lilly ter Duin lachten besmuikt.

'Nou, het wordt steeds fraaier met die familie van mij. Mijn moeder is dood, mijn vader is een emotioneel geblokkeerde man die zijn carrière belangrijker vindt dan zijn dochter en óók nog fraudeert... Mankeert die broer van me soms ook nog wat?'

'Niet dat we weten.'

'Om heel eerlijk te zijn heb ik tot nu toe nog weinig zin om mijn leven nog verder overhoop te halen en af te reizen naar... Canada.'

'We snappen dat het allemaal nogal verwarrend voor je is. Probeer te begrijpen en onthouden dat alles wat er is gebeurd, gedaan is in jouw belang.'

Karin bekeek de gezichten van haar adoptieouders. Aan de diepe lijnen viel te zien dat het verdriet zwaar op hen drukte. Ineens besefte ze hoe egoïstisch ze zich de afgelopen dagen had gedragen, en een overweldigend gevoel van empathie en liefde voor deze mensen overviel haar. 'We hebben het wel steeds over mij, maar hoe is dit voor jullie? Jullie leven staat net zo goed op zijn kop.'

Lilly begon zachtjes te huilen.

'De angst om je kwijt te raken, je kunt je er geen voorstelling van maken hoe groot die is. Je moeder gaat eraan kapot en ik ook. Je bent samen met Sam het dierbaarste in ons leven. Dat moet je van ons aannemen.'

De emoties werden Karin te veel en ze sloeg haar armen om haar ouders heen. Haar ouders, want dat waren ze nog steeds. Ze hield zielsveel van deze mensen en dat zou nooit veranderen. 'Natuurlijk raken jullie me niet kwijt. Ik kan toch niet minder van jullie gaan houden nu ik dit weet?' Haar moeders schouders schokten net zo hard als de hare. 'Ik was volledig in beslag genomen door mijn eigen verdriet, maar ik had best ook een beetje rekening mogen houden met dat van jullie. Ik vind het zo verschrikkelijk allemaal. Het is gewoon te veel.'

Haar vader trok een zakdoek uit zijn broekzak en depte voorzichtig haar tranen. Er zat zoveel liefde in dat gebaar, dat ze alleen maar harder ging huilen. 'Het is dweilen met de kraan open, pap.' Het voelde goed om dat oude vertrouwde woord uit te spreken. Nu hield haar vader het niet droog. Ze pakte zijn zakdoek en veegde zijn tranen weg.

'Probeer niet te hard te oordelen over je echte vader, ook al heeft hij keuzes gemaakt die jij niet begrijpt. Je vader is geen slechte man. Ik heb hem destijds juist leren kennen als iemand met een groot hart die door het vuur ging voor zijn patiënten en zijn werknemers.'

'Toch jammer dat hij niet hetzelfde deed voor zijn dochter.'

'De beslissing om je af te staan en alle emoties die daarbij kwamen kijken, achtervolgen hem al vijfendertig jaar. Dat kan niet anders. Waarom zou hij anders aan het einde van zijn leven zoveel wroeging hebben dat hij er alles voor overheeft om je nog eenmaal te zien?'

'Sorry, maar ik vind het moeilijk om het als iets anders te zien dan een egoïstische daad. Ik weet het gewoon niet. Wat moet ik nou doen? Stel dat ik naar Canada afreis, wat levert me dat dan op? Helpt het me met het verdriet dat ik nu al heb? Tijd om mijn vader echt te leren kennen, is er waarschijnlijk toch niet meer. En ik denk sowieso niet dat ik me kan openstellen voor een man die denkt dat ik op afroep beschikbaar ben als het hem uitkomt en me dan voor de tweede keer in de steek laat door dood te gaan.'

Haar moeder keek haar geschokt aan.

'Misschien is dat egoïstisch van me, maar zo voelt het gewoon.'

'Maar ben je dan niet nieuwsgierig naar je roots? Naar je broer?'

'Ik was heel tevreden met de roots die ik dacht te hebben. Ik voel me honderd procent Nederlandse en dat ik toevallig in Canada geboren ben, doet daar niets aan af.'

'Het kan je ook verrijking brengen.'

'Ligt er een dikke erfenis voor me klaar dan?'

'Karin!' zei haar vader berispend.

'Sorry, dat was flauw.' Karin keek schaapachtig naar haar vader die haar streng aanstaarde. 'Maar het zou toch mooi meegenomen zijn, nietwaar?'

Even was het stil en toen konden ze allebei hun lachen niet meer inhouden. Haar moeder keek hen verbaasd aan, maar begon toen ook voorzichtig te giechelen.

Toen ze na enkele minuten de spanning uit hun lichaam hadden gelachen en weer een beetje op adem waren gekomen, nam haar vader weer het woord.

'Ik zou willen dat ik je kon zeggen de tijd te nemen om goed na te denken over wat je wilt, maar die tijd is er helaas niet. Je broer belde ons gisteravond weer om te vertellen dat je vader hard achteruitgaat. Wij kunnen niet voor je beslissen, Karin, maar we willen je meegeven dat je de keuze moet maken die voor jou het beste is. Dat is het allerbelangrijkste. Als je niet op je vaders verzoek in wilt gaan en het wilt laten zoals het is, dan snappen wij dat als geen ander. Je broer ook, trouwens. Hij drukte ons op het hart dat hij dolgraag kennis met je wil maken, maar dat hij het je nooit kwalijk zal nemen als je hem niet wilt ontmoeten. Wat je ook beslist, we zullen achter je staan en je daarin steunen zoals we dat je hele leven al gedaan hebben.'

'Dat is fijn om te weten. Ik zal jullie steun hard nodig hebben.'

5

3 januari

'Vind je het goed als we naar Milestones gaan? Ik heb behoefte aan een goed stuk vlees van de grill.'

'Ik heb je toch gezegd dat jij mocht kiezen.'

'Nou, bij dezen dan.' Jonas schakelde terug en remde voor een rood licht. 'Ben je moe, schat?' Bezorgd keek hij naar Hailey en hij miste dat het verkeerslicht op groen sprong. Het getoeter van de auto achter hem bracht hem weer bij de les. Verontschuldigend stak hij zijn hand op.

'Let nou maar op de weg in plaats van op mij. Straks gebeuren er nog ongelukken.'

'Zit je iets dwars?'

'Nee hoor, er is niks.'

'Als vrouwen zeggen dat er niks aan de hand is, bedoelen ze eigenlijk het tegenovergestelde, weet ik uit ervaring.'

'Ja, wij vrouwen zijn net Japanners. Ja is nee en vice versa.' Hailey onderdrukte een glimlach.

'Nou, vertel op dan.'

'Ik wil inderdaad iets met je bespreken, maar pas als we bij Milestones zijn. Ik wil je in je ogen kunnen kijken.'

'Dat klinkt serieus, moet ik zenuwachtig worden?'

'Het is ook serieus.'

'Ik moet dus zenuwachtig worden...'

Hailey zette de radio aan en begon zachtjes mee te neuriën. Jonas piekerde zich suf over wat ze met hem wilde bespreken. Zou het te maken hebben met dat ze hem hand in hand met

Katy Tremblay had betrapt in de gang? Zou ze daar verder over doorgaan? Toen hij bij het afsluiten van zijn kamer langs zijn witte jas was gelopen, had hij in de gauwigheid de roze envelop die Katy hem had gegeven niet langer uit zijn zak zien steken. Misschien had hij het niet goed gezien, maar als dat ding ging zwerven, had hij een groot probleem. Hailey was slechts heel even alleen in zijn kamer geweest, maar het was mogelijk...

Hij keek even opzij. Aan haar gezicht viel nog steeds niets af te lezen en ze neuriede nog steeds vrolijk mee met de muziek. Dat hield ze vol totdat hij de auto even later had geparkeerd. Met enige aarzeling pakte Jonas haar hand en hij was opgelucht toen ze haar vingers stevig om de zijne sloot. Dat was het probleem dus niet. De vraag was: wat dan wel?

Zou ik het kunnen verdragen om haar kwijt te raken? flitste door zijn hoofd. Hij was in het afgelopen halfjaar erg op Hailey gesteld geraakt en zeker nog niet op haar uitgekeken, maar was hij bereid haar echt in zijn ziel te laten kijken en álles met haar te delen? Ook datgene wat hij vandaag van Katy had gekregen? Zou Hailey bij hem blijven als hij haar de waarheid vertelde? Zou ze hem kunnen vergeven? Op dit moment was het nog te vroeg en misschien bleef het dat wel altijd. Sommige dingen kon je maar beter voor jezelf houden, in elk geval zo lang mogelijk. De paar mensen die het wisten, hielden hun mond wel. En mochten ze het in hun hoofd halen om toch iets van zijn geheim te onthullen, dan wist hij genoeg belastende dingen over hen. Het was een tangconstructie die alle betrokken partijen beschermde.

Een gevoel van spijt overmande hem toen hij de deur van Milestones voor Hailey openhield. Hij voelde zich een grote egoïst, want Hailey verdiende beter. Veel beter. Als hij alleen in zijn bed lag, wist hij altijd precies wat hem te doen stond. Maar als hij haar dan weer zag, dan verloor hij zijn zelfvertrouwen. Dan wilde hij zo dicht mogelijk bij haar zijn. Was dat liefde? Maar als dat liefde was, moest hij haar dan niet uit liefde laten gaan? Haar beschermen tegen wat ging komen?

Tegen hem? Maar hij kon het niet. Hij was er nog niet klaar voor.

'Had u gereserveerd, dokter Powell?'

Hij zag Hailey met haar ogen draaien. Hij wist dat het haar stoorde dat ze hem buiten de muren van zijn eigen huis nooit echt voor zichzelf had. Iedereen kende de knappe dokter Jonas Powell en het was onmogelijk om anoniem op stap te gaan.

'Nee, we hebben niet gereserveerd, maar als je een rustig tafeltje voor ons hebt dan maak je me heel blij, Melanie. Ik wil in alle rust van mijn vriendin genieten.' Hij zag Hailey opklaren. Hij wist dat ze het prettig vond als hij in het openbaar uitdroeg dat ze bij hem hoorde.

'Volgt u mij maar.'

Melanie leidde hen naar een zitje in de hoek en stak de kaars aan die op tafel stond. 'Meisjes zijn altijd nóg mooier bij kaarslicht,' zei ze met een knipoog.

Hailey schonk haar een gulle lach en ging zitten.

'Kan ik alvast iets te drinken voor jullie inschenken?'

'Ik zou graag de wijnkaart even zien.'

'O, doe geen moeite, ik hou het vanavond bij water.'

'Ook geen cocktail?' vroeg Jonas.

Hailey schudde haar hoofd.

'Doe mij dan maar een glas rode huiswijn. Een fles voor mij alleen is een beetje te veel van het goede.'

'Water en een wijn, komt eraan.'

Jonas knikte de serveerster vriendelijk toe en wachtte tot ze buiten gehoorsafstand was. 'Ben je zo moe dat er zelfs geen glaasje wijn vanaf kan? Ik zal Francis nog eens zeggen dat ze je niet zo hard moet laten werken.'

'Het was weer een druk dagje, maar dat is het niet. Ik wil vast beginnen met totale onthouding zodat het straks minder moeite kost.'

'Straks? Hoe bedoel je?'

Hailey keek Jonas veelbetekenend aan en pakte over de tafel zijn hand. Hij werd op slag zenuwachtig van haar blik.

'Ik wil een kind van je, Jonas.' Ze bleef hem strak aankijken. Het was alsof hij een stomp in zijn maag kreeg en hij had moeite om rechtop te blijven zitten. 'Ik ben vandaag gestopt met de pil.'

Dit had hij niet aan zien komen.

'Je bent gestopt met de pil...?' stamelde hij toen hij van de eerste schok was bekomen. 'Zonder dat eerst met mij te overleggen?'

'We hebben het er nu toch over? Jij wilt dit toch ook?'

'Maar... maar sla je niet een paar stappen over?'

'Zoals?'

'Samenwonen, trouwen.'

'O, Jonas, wat ben je soms toch heerlijk ouderwets.'

'Dan ben ik maar ouderwets. Ik hecht aan dergelijke tradities en doe dingen graag in de juiste volgorde.'

'We hebben het toch goed samen? Ik wil iets wat echt van ons is. Van jou en mij. Een verbond waar we allebei niet omheen kunnen, een kindje voor wie we ons leven lang samen verantwoordelijk zijn.'

Jonas trok zijn handen terug en legde zijn voorhoofd op de koele houten tafel. Het liefst zakte hij nu ter plekke door de grond. Het zweet brak hem uit en hij kreeg moeite met ademhalen.

'Ik hoop dat dit een uiting is van enthousiasme?'

De scherpe ondertoon in Haileys stem ontging hem niet. Hij ademde diep in en besloot de bom maar meteen te droppen.

'Ik kan geen kinderen krijgen, Hailey.' Hij hief zijn hoofd en keek haar aan.

Alle kleur trok weg uit haar gezicht. 'W... wat?'

Hij zag haar voor zijn ogen instorten, maar hij kon nu niet meer terug. Hij moest doorpakken. 'Dat ongeluk van een paar jaar geleden dat mijn been heeft beschadigd? Dat heeft meer beschadigd dan alleen mijn been.'

'Waarom... Waarom heb je dat nooit verteld?'

'We hebben tot vanavond toch nog nooit serieus over kinderen gesproken?'

'Nee, omdat jij altijd de boot afhield. Nu snap ik waarom.' Het klonk bitter.

'Lieverd, we zijn net een halfjaar bij elkaar. Vind je het niet een beetje te vroeg voor zo'n gesprek?'

'Het is nooit te vroeg, Jonas. Nooit!'

'Rustig, iedereen kijkt naar ons.'

Ze keek hem fel aan, maar paste haar volume aan. 'Is dat het enige waar je aan kunt denken? Je imago? Bang dat mensen doorhebben dat het perfecte leven van dokter Jonas Powell toch niet zo perfect is?'

'Hailey, het spijt me,' onderbrak hij haar, 'maar ik kan hier niets aan veranderen. Het is onmogelijk, een kindje van jou en mij.'

Hij staarde voor zich uit, recht in de ogen van Melanie, die discreet stond te wachten met hun drankjes en de menukaart. Jonas wenkte haar dat ze kon komen. Ze morste wat water toen ze Haileys glas neerzette en veegde het snel weg met een servetje van de tafel naast hen.

'Wil jij de kaart nog zien, Hailey?'

Ze schudde stuurs haar hoofd. 'Voor mij de geitenkaassalade met frietjes.'

'Ik wil graag de ribeye met pepersaus, medium rare gebakken.'

Melanie nam zwijgend hun bestelling op en liep snel bij hun tafeltje vandaan. Jonas legde zijn hand op die van Hailey. 'Ik begrijp dat dit moeilijk te verteren is voor je, schat.'

Ze keek hem met betraande ogen aan. 'Moeilijk te verteren? Je vond het niet nodig om me even te informeren voordat je een relatie met me begon?'

'Dat is niet bepaald een lekkere binnenkomer op een eerste date.'

'Op de tweede date heb je ook niks gezegd en al die keren daarna ook niet. Je weet toch dat ik altijd al een sterke kinderwens heb gehad? Al ruim voordat ik jou leerde kennen?'

'Moet je eens horen, Hailey, voordat ik zoiets bespreek wil ik eerst zeker weten dat het meer dan een flirt is.'

'En ben ik dat? Meer dan een flirt?'

'Ja, dat denk ik wel.'

'Dat dénk je wel.' Hailey slaakte een hoog lachje en trok haar hand terug. 'Ik had op een iets ander antwoord gerekend. Zoiets van: Hailey, jij bent echt de ware voor me. De vrouw op wie ik al mijn hele leven wacht.'

'Kom op, je kent me. Dergelijke woorden zal ik nooit uit mijn mond krijgen. Sorry dat ik je ook op dat front teleurstel. Ik hoop dat ik je heb laten merken en voelen dat ik je heel bijzonder vind.'

'Hoe serieus neem jij onze relatie eigenlijk?'

'Heel serieus. Twijfel je daaraan?'

'Je kijkt niet naar andere vrouwen?'

'Nee, waarom zou ik?'

'Sommige mannen hebben aan één vrouw niet genoeg.'

'Zo zit ik niet in elkaar.' Jonas' gezicht kreeg een trieste uitdrukking. 'Je moet beseffen dat het voor mij ook niet gemakkelijk is, Hailey. Mijn onvruchtbaarheid tast mijn gevoel van eigenwaarde aan, het maakt me onzeker naar vrouwen toe. Denk je dat ik niet stiekem droom van een voetballende kleine Jonas of een balletdansende miniatuur-Hailey? Maar ik ban die gedachten altijd meteen weer uit omdat ze niet realistisch zijn. Waarom denk je dat ik deze bekentenis zo lang mogelijk heb uitgesteld? Omdat ik bang ben om je kwijt te raken. Uiteindelijk willen alle vrouwen een kind. Dat zie ik toch dagelijks op mijn werk? Ik doe niet anders dan zwangere vrouwen begeleiden. Denk je dat het gemakkelijk is om die confrontatie elke dag aan te gaan?'

'Ik weet hoe moeilijk die confrontatie is,' antwoordde Hailey. 'Ik maak het zelf bijna dagelijks mee. Overal om me heen dikke buiken, terwijl mijn eigen buik leeg is.' Aarzelend stak ze haar hand naar hem uit en hij pakte hem stevig vast.

'Ik begrijp het als je een punt achter onze relatie wilt zetten. Ik kan het je niet kwalijk nemen.' Jonas boog verdrietig zijn hoofd.

'Er zijn mogelijkheden, Jonas. We kunnen ICSI proberen. Daar zijn goede resultaten mee geboekt bij mannen met slechte zaadcellen.'

'Dat werkt alleen maar als er nog een beetje leven in het zaad zit. Dat is bij mij niet het geval.'

'Een zaaddonor dan? Hier in Ottawa zit zo'n kliniek.'

'Dat kan ik niet, Hailey. Ik zal me nooit vader voelen van een kind dat niet echt het mijne is. Het kind zou me steeds confronteren met mijn eigen gebrek, mijn eigen onkunde.'

'Je bent dus niet bereid om tot het uiterste te gaan om samen met mij een kind te krijgen?' De glans in Haileys ogen doofde.

'Het is niet sámen met jou, Hailey. Ik ben slechts toeschouwer.'

'Maar als het voor mij nou zo belangrijk is, kun je je daar dan niet overheen zetten? Heb je dat niet voor mij over? Als je echt van me houdt, dan doe je dat voor me.'

Jonas schrok van de wanhoop in haar stem. Met een gepijnigde blik keek hij haar aan. 'Ik kan het niet, Hailey, het spijt me. Je zult het met mij moeten doen. Of niet.'

'Adoptie. Dan is het kind niet van mij en niet van jou. Zou dat helpen?'

Jonas schudde zijn hoofd. 'Nee, en ik denk ook niet dat het een oplossing is waar jij op de langere termijn gelukkig van wordt. Aan jou mankeert niets, Hailey. Je bent een gezonde jonge vrouw die duidelijk snakt naar de ervaring van een zwangerschap. Jij wilt het kindje in je buik voelen groeien. Waar of niet?'

Haileys hand ging automatisch naar haar buik.

'Wil je je vrijheid terug? Dat is een oprechte vraag. Ik wil geen blok aan je been zijn of je droom van het moederschap in duigen gooien. Hoe erg ik het ook zou vinden, ik snap het als je me hierom verlaat en op zoek gaat naar een man die je wel kan geven wat je wilt.'